Verena Pophanken
Dämonenseele

AF236360

Verena Pophanken

Dämonenseele

Verbündete wider Willen

Urban Fantasy
Kurzroman

Bibliografische Information der Deutschen Nationalbibliothek:
Die Deutsche Nationalbibliothek verzeichnet diese Publikation in der Deutschen Nationalbibliografie; detaillierte bibliografische Daten sind im Internet über http://dnb.d-nb.de abrufbar.

1. Auflage 2021

Texte:	© Copyright by Verena Pophanken
Umschlag:	© Copyright by Jaqueline Kropmanns
Lektorat, Korrektorat:	© Copyright by Cara Kolb

ISBN: 9783755778400

Herstellung und Verlag: BoD - Books on Demand, Norderstedt

Diese Geschichte ist für all jene, denen der innere
Dämon in der Seele hockt.

Lasst euch nicht durch Worte einschränken.
Folgt euren Zielen und lebt eure Träume.
Ihr schafft alles.

Auf Seite 128 findet ihr eine Playliste zum Roman, die von Vic höchstpersönlich ausgewählt wurde.

Triggerwarnung

Um die Triggerwarnung aufzurufen, scannt ihr den QR-Code mit eurem Smartphone ein. Dieser leitet euch auf meine Webseite weiter, wo ihr die vollständige Warnung findet.

Wir machen es wie besprochen«, sagte ich und warf einen Blick über die Schulter zu meiner Truppe, die sich im Schatten eines Hauses verborgen hielt. Alexandra stand direkt hinter mir und nickte. Sie war eine Dämonenjägerin vierten Ranges und ich zählte sie zu meinen besten Freunden. Um ihre weibliche Figur zu betonen, trug sie gerne Lederjacken und Jeans. Hauptsächlich ging es ihr um die Bewegungsfreiheit.

Dino, mein bester Kumpel, und Milena, beide Dämonenjäger, zogen ihre Waffen, während Jan, ein Magier mit blonden Haaren, der uns unterstützen sollte, unverständliche Worte vor sich hin murmelte. Er wirkte auf mich wie ein Sunnyboy, der lieber seine Zeit damit verbrachte auf den Lahnterrassen bei der Mensa zu sitzen, statt sich mit Leuten wie mir abzugeben.

»Auf mein Zeichen.« Ich hob die Linke und senkte sie wenige Augenblicke später. Alexandra huschte an mir vorbei um die Ecke in die Jakobsgasse hinein, die mit Fachwerkhäusern aus dem Mittelalter bebaut war. In einem leer stehenden Gebäude sollten sich, den Berichten der Gilde zufolge, Dämonen verschanzt haben, um ein Tor ins Diesseits, also unsere Welt, zu öffnen.

Ich spähte um die Hausecke und gab Dino und Milena ein Zeichen. Milena, die einen Sidecut und blaulila Haare hatte, rannte nach kurzem Zögern Dino hinterher. Ich folgte ihnen mit dem Magier im Schlepptau. Der Zirkel hatte darauf bestanden, dass Jan uns begleitete. Er hatte noch nicht lange seinen Abschluss von der Akademie und nur wenig Erfahrung, was solche Missionen anging. Ich hatte trotzdem zugestimmt. Wusste der Himmel warum.

»Achte darauf, dass uns keine Zivilisten sehen«, gab ich Jan die Anweisung und sah mich in der Gasse um. Er nickte mit ernster Miene.

»Eingang gesichert«, meldete sich Alexandra über die Funkverbindung.

»Verstanden. Wir kommen rüber.« Ich gab Jan zu verstehen mir zu folgen und überwand die paar Meter bis zum Hauseingang des Fachwerkhauses in wenigen Schritten.

»Die Tür ist nicht magisch versiegelt. Wir können sie öffnen, sobald du das Okay gibst«, erklärte Dino, der neben der Tür hockte. Er strich sich mit einer tätowierten Hand eine schwarz gefärbte Haarsträhne aus der Stirn.

»Dann los.« Ich zog eine Zigarette aus der Schachtel, zündete sie an und nahm einen langen Zug, während Dino sich am Schloss zu schaffen machte. Augenblicke später stellten sich meine Nackenhaare auf und ein Schatten legte sich über die Gasse. Neben mir materialisierte sich ein Dämon dritter Ordnung und packte mich an der Kehle. Ich umklammerte die sehnigen Handgelenke des braunen Biestes, dessen Fangzähne so lang wie meine Hand waren. Es machte einen Satz und landete auf dem Dach. Mit seinen Klauen schabte es über die Schindeln. Keine Sekunde später warf mich der Dämon durch eines der beiden Dachfenster.

Glassplitter verteilten sich um mich herum und schnitten mir in die Arme. Ich prallte gegen die Wand gegenüber und glitt benommen daran hinunter. Mit einem Kopfschütteln ordnete ich meine Gedanken.

»Verfluchter Mist!« Die Zigarette war abgebrochen. Ich warf den Stummel zur Seite und wandte mich dem widerwärtigen Etwas zu. Es stand mir mit geifernder Grimasse gegenüber an der zerborstenen Fensteröffnung. Das kreischende Lachen des Ungetüms, das gekrümmt in dem Dachzimmer kauerte und wie ein Hund auf zwei Beinen aussah, hörte sich an, als würden Fingernägel über eine Tafel kratzen. Mir lief ein Schauder über den Rücken.

»So, du Drecksvieh«, sagte ich und zog meine, mit einer Silberlegierung überzogenen, Kampfäxte aus dem Gürtel. »Bereit zu sterben?« Die eingravierten

Runen auf den geschwungenen Axtköpfen, die nur in der Nähe eines Dämons leuchteten, erhellte die Umgebung. Das abartige Fauchen des Biestes fuhr mir für einen Herzschlag durch Mark und Bein.

»Virtutes caelorum vim mihi resistendum improbis [1]«, murmelte ich einen Spruch, wodurch die Lautstärke etwas gedämpft wurde und das Kreischen nicht mehr als ein dumpfes Rauschen war. Konzentration war das Wichtigste im Kampf gegen diese elende Plage, die seit Jahrtausenden die Menschheit quälte.

Mit einem Wutschrei stürzte sich das Ungeheuer auf mich. Die Krallen an den Füßen kratzten über die Holzdielen und hinterließen sichtbare Rillen.

Ich verlagerte mein Gewicht auf das rechte Bein, drehte mich zur Seite und duckte mich unter dem Schlag der gekrümmten Klauen hinweg. Das Ziel war eindeutig meine Brust gewesen. Mit einem Tritt in den Rücken des Dämons beförderte ich ihn zu Boden.

»Grave est gravitas peccati! [2]«, rief ich und fesselte die dämonische Bestie damit aufs Parkett. Wild um sich schlagend, versuchte sie sich aus der magischen Fessel zu befreien. In ihren Schlangenaugen brannte Zorn, der nahezu greifbar war. Die Äxte, die ich zuvor voreinander gekreuzt hatte, sausten auf den schmächtigen Hals des Dämons zu. Sein Kopf rollte über die Holzdielen und schwarzes zähflüssiges Blut,

---

[1] Mächte des Himmels gebt mir die Kraft, dem Bösen zu widerstehen
[2] Schwer wiegt das Gewicht der Sünde!

das nach Fäulnis und Tod roch, traf mein Shirt.

Mit der Hand zeichnete ich die Rune des Feuers, ein K ohne den senkrechten Strich, über dem Dämon. Noch bevor die Überreste in Flammen aufgingen, wandte ich mich der Tür in der rechten Wand zu und löste den Dämpfungsspruch, sodass ich wieder mein gesamtes Hörvermögen erlangte.

»Vic, verflucht, melde dich! Alles in Ordnung?«, erklang Alexandras Stimme aus dem Inear, das sich aus meinem Ohr gelöst hatte, als der Dämon mich durch das Fenster geworfen hatte. Mit geübter Hand steckte ich es zurück und drückte auf den Funkknopf an meinem Handgelenk.

»Alles okay. Bis auf ein paar Schnitte auf den Armen bin ich unverletzt.«

»Himmelherrgott, Vic. Endlich!« Sie atmete erleichtert auf. »Wir sind gleich bei dir. Wie sieht die Lage aus?«

Ich gab meinen Teammitgliedern einen kurzen Bericht. Mit einem magischen Kraftstoß flog die Tür in der Wand rechts von mir, auf die ich zuhielt, aus ihren Angeln in meine Richtung. Schützend hob ich einen Arm. Das Türblatt beförderte mich zu Boden und begrub mich unter sich. Im selben Moment wurde die Wohnungstür aufgestoßen und meine Truppe stürmte den Raum.

Dino und Milena zogen das schwere Holz von mir herunter. Meine Aufmerksamkeit legte sich auf den

Pentarmon im Türrahmen, der uns aus Katzenaugen herablassend und arrogant anstarrte.

In meiner Ausbildung vor mehr als acht Jahren mussten wir das Fach ›Ordnungen der Dämonen‹ belegen. Die Ordnungen richteten sich nach den Höllenkreisen, wie Dante Alighieri sie in seiner ›göttlichen Komödie‹ beschrieb. Während die ersten beiden Ordnungen der Dämonen geflügelte und kriechende Biester kategorisierten, besaßen die höheren Ordnungen bereits ein menschenähnliches Aussehen.

Daher war es nicht verwunderlich, dass dieser Pentarmon, ein Dämon fünfter Ordnung, die menschliche Gestalt imitierte. Allerdings gelang ihm das nicht sonderlich gut. Er hatte immer noch die Fratze eines Dämons. Sein Körper war schmächtig und wirkte verkrüppelt. Fettige Strähnen hingen von seinem Schädel wie die Überreste eines Fadenvorhangs. Vier Hörner wuchsen aus seiner Stirn. Bisher hatte ich dieser Sorte Höllenbiest nicht gegenübergestanden und wenn die Erzählungen der älteren Dämonenjäger stimmten, dann hatten wir hier einen Titanen vor uns, den wir einzeln nicht besiegen konnten.

»Du wirst heute sterben, Dämonenjäger!« Die kratzige Stimme stach weniger in den Ohren als die des Dämons dritter Ordnung.

Ich grinste amüsiert. »Wenn ich jedes Mal einen Euro für diesen Satz bekommen würde, dann könnte ich schon längst im Ruhestand sein.«

»Törichter Sterblicher! Du hast keine Ahnung, gegen welche Mächte du kämpfst.«

Ich zog eine Augenbraue nach oben. Meinte der das wirklich ernst?

»Vic«, mahnte Alex mich und ich nickte unmerklich. Mir war die Ansammlung magischer Energie für ein Portal im Nebenraum nicht entgangen. Das Portal durfte sich nicht öffnen. Denn sobald es offen stand, würde sprichwörtlich die Hölle losbrechen.

Das zu verhindern hatte ich geschworen, als ich vor sechs Jahren am Grab meiner Großmutter gestanden hatte. Ich hatte schon Granny durch die Hand eines Dämons verloren, deshalb würde ich auf keinen Fall zulassen, dass Lucian, der Dämonenkönig, und seine Höllenschar die Menschheit in ewige Finsternis stürzte.

»Okay, ich gehe nicht davon aus, dass du uns durchlässt, damit wir das Portal schließen können?«, fragte ich mit unschuldigem Ton in der Stimme.

Der Dämon legte den Kopf schräg und zeigte seine scharfen Fänge. Dino und Alex rannten an mir vorbei und blockten den Angriff des Pentarmon. Mit einem Schlag wischte er Dino wie ein Blatt Papier zur Seite. Mit einem dumpfen Aufprall landete mein bester Kumpel an der Wand.

»Jan, kannst du verhindern, dass das Portal sich öffnet?«, fragte ich, bereit zum Gegenangriff.

»J-ja … ich denke schon«, antwortete Jan.

»Gut. Dann kümmere dich darum. Wir lenken das Vieh so lange ab.«

Der blonde Magier versuchte möglichst außer Reichweite der Klauen, in den Nachbarraum zu kommen. Mit Milena an meiner Seite stürzte ich mich in den Kampf mit dem Pentarmon. Dino lag bewusstlos an der Wand, in der sich die Wohnungstür befand. Ich verschaffte Alex eine Verschnaufpause, indem ich die Angriffe auf mich lenkte. Die unermüdlichen Schläge des Dämons ließen mir keine Möglichkeit für einen Vorstoß. Milena versuchte, von der Seite die Verteidigung zu durchbrechen. Er war schnell. Kaum hatte er einen Angriff Milenas mit einer Klaue abgewehrt, schlug er bereits mit der anderen auf ihre Kehle. Mit einem Hechtsprung warf ich sie zu Boden, sodass der Schlag nur knapp über meinen Kopf hinwegfegte. Feine dunkelbraune Haare schwebten auf das Parkett.

Alex schlug mit dem Schwert zu und trennte dem Dämon eine Hand ab. Diese landete mit einem dumpfen Aufprall am Boden. Ich nutzte die Gelegenheit und rappelte mich auf. Ein harter Schlag in die Flanke überraschte mich jedoch und beförderte mich erneut auf den Holzboden. Ich rutschte über die Dielen durch die zerstörte Tür und gegen die Wand, wo ich benommen liegen blieb.

Mühselig kämpfte ich mich auf die Beine und steckte die Äxte an den Schäften zusammen, sodass sie eine Doppelaxt bildeten, und zog mein Silberschwert seitlich hinter dem Rücken hervor. Aus dem Augenwinkel sah ich Jan, wie er mit aufgestelltem Stab vor dem bläulich schimmernden Kreis aus Energie stand.

»Und Jan? Wie läuft's?«

»Nicht so gut«, antwortete er gepresst.

»Du schaffst das. Mach einfach weiter deinen Job und alles wird gut.« Ich hoffte, meine Worte würden ihm etwas Mut machen. Er konnte es besser gebrauchen als ich.

Ich stieß den Atem durch die Nase aus und hielt auf die Tür in den Hauptraum zu, wo Dino mittlerweile wieder zu sich gekommen war und mit seiner Armbrust auf den Rücken des Pentarmon zielte. Milena und Alex griffen ihn von den Seiten an. Ich stürzte mich mit erhobener Axt auf seine Vorderseite, die er in seiner Deckung vernachlässigte. Mit der Axt täuschte ich Schläge an und schlug mit dem Schwert auf die Extremitäten des Pentarmons ein. Es gelang mir nicht, ihm einen Treffer zu verpassen. In seiner noch vorhandenen Klaue erschien ein hornähnlicher Dolch.

Hinter mir drang der Schrei des Magiers aus dem Raum und der Geruch verkohlten Holzes gemischt mit dem Gestank von Schwefel und Fäulnis stiegen mir in die Nase. Das Rauschen unzähliger Flügel kündigte nichts Gutes an. Einen Blick über die Schulter werfend, bemerkte ich, wie Jan zu Boden sackte und ein halbes Dutzend geflügelter Dämonen erster Ordnung sich auf ihn stürzten. Ich zeichnete die Rune des Schutzes, ein Y mit einem senkrechten Strich in der Mitte. Ein rotleuchtender Schild baute sich über dem bewusstlosen Magier auf. Die an gotische Wasserspeier erinnernden Dämonen prallten an der Rune ab und landeten auf dem Boden. Einige kratzten an dem Schild und versuchten an Jan heranzukommen. Ich hoffte, dass die Wirkdauer der Rune, die sich nach der Lebenskraft des Anwenders richtete, lang genug anhielt, um eine Schwäche bei dem Pentarmon zu finden und ihn zu besiegen. Wir mussten das zu Ende bringen, bevor die Dämonen uns töteten und die gesamte Stadt überfielen.

»Vic!«, erklang Alexandras warnende Stimme.

Ich drehte mich um und bemerkte gerade noch rechtzeitig, wie der Horndolch auf meine Brust zuraste. Mit einem Schritt rückwärts parierte ich mit dem Schwert den Angriff und lenkte ihn zur Seite, doch der Dolch traf mich am linken Oberarm. Brennender Schmerz schoss durch meine Nerven und Blut sickerte in den aufgeschlitzten Ärmel meines Shirts.

»Du elendes Drecksvieh!«, knurrte ich durch den Nebel des Schmerzes. Mit der Rechten zeichnete ich die Schutzrune, die ich zuvor bei Jan angewendet hatte, vor mir in die Luft. Ein Schild baute sich auf Armeslänge vor mir auf. Fieberhaft durchforstete ich mein Gedächtnis nach den entscheidenden Infos zu dem Pentarmon und stieß den Schild mit einer ruckartigen Bewegung meiner Hand gegen das Ungetüm.

Wenn du keine offensichtliche Schwäche bei deinem Gegner entdeckst, dann beobachte seine Bewegungen. Jeder Dämon hat eine typische Bewegung, mit der er seine Schwachstelle deckt, hallten die Worte meiner Großmutter, Granny, durch meine Gedanken. Mit verengten Augen beobachtete ich mein Gegenüber. Ich wehrte einen weiteren Angriff ab und riss die Augen auf. Da war sie – die Schwachstelle. Das Ungeheuer hielt den Arm dicht an der Seite und holte damit nur zögerlich aus. Unter dem letzten Rippenbogen lag der Bauchraum frei und ich konnte die zerfressenen Innereien erkennen. Das war unsere Chance. Es musste uns nur gelingen, ihn dazu zu bringen, dass er den linken Arm lang genug für einen Angriff hob.

Ich gab meinen Freunden ein unmerkliches Zeichen und hielt den Blick auf die offene Stelle gerichtet. Dino, der an der Wand lehnte, spannte die Armbrust und schoss den Armbrustbolzen ab. Gemeinsam mit Milena und Alex lenkte ich die volle Aufmerksamkeit des Pentarmon von Dino ab. Der Bolzen durchbohrte die rechte Schulter des Dämons. Er brüllte und in seinen katzenähnlichen Augen flammte Hass und Zorn auf, während er nach dem Bolzenschaft in seinem Rücken griff. Mit einem Ruck meiner Hand stieß ich den Schild erneut nach vorn, der dem Dämon direkt in die Fratze krachte. Ich hechtete hinter den Schild und schlug mit der Axt in die offene Stelle im Körper des Dämons. Er taumelte und das Brüllen schwoll zu einem Kreischen an. Ein zweiter

Bolzen bohrte sich durch die Kehle. Mit einem infernalischen Kriegsgeschrei schnitten die beiden Dämonenjägerinnen die Sehnen in den Kniekehlen durch, sodass der Dämon auf die Holzdielen krachte. Röchelnd lag er zu meinen Füßen und zeigte in einem entstellten Grinsen seine rasiermesserscharfen Fänge.

»Du wirst nicht mehr lange leben, Dämonenjäger. Das Gift breitet sich schnell in deinem Körper aus und macht dich zu dem, was du am meisten verabscheust«, sagte er mit gurgelnder Stimme.

Was meinte er bitte damit? Es blieb mir keine Zeit, ihn darauf anzusprechen, da er in Flammen aufging. Der Körper des Pentarmon löste sich in Rauch auf und der Dunst schwebte vor mir. Plötzlich entwickelten die Schwaden ein Eigenleben und umhüllte mich wie der Nebel am Ufer der Lahn. Schmerz flammte in meinem ganzen Körper auf, setzte mich in Flammen und zehrte mein Innerstes auf. Ich krümmte mich stöhnend zusammen und kämpfte darum nicht zu schreien.

Mein Sichtfeld flimmerte am Rand. Ich blinzelte und schüttelte den Kopf, während ich mich auf die Beine stemmte. Der Rauch löste sich auf. Eine Erschütterung in meiner Seele ließ mich schaudern. Das war kein gutes Omen. Was war gerade passiert? Ich betastete die Wunde an meinem linken Oberarm. Nur eine oberflächliche Schnittwunde. Nichts, was ich nicht überleben würde. Ich wischte das Blut am T-Shirt ab.

»Vic, alles in Ordnung?«, fragte Milena und ich spürte ihre schwitzigen Hände auf meinem Unterarm.

»Ja. Wir müssen uns um das Portal und die geflügelten Biester kümmern.« Milenas Hand wischte ich zur Seite und richtete mich auf. Dino und Alex hatten bereits mit der Aufräumarbeit begonnen. Die ersten Dämonen lösten sich schon wieder in Rauch auf und kehrten dorthin zurück, wo sie vor wenigen Augenblicken hergekommen waren. Jan war inzwischen erneut bei Bewusstsein und sah sich verwirrt um.

Ich trat an eine dämonische Rune heran, die auf dem Holzfußboden mit Kalk aufgezeichnet war. Ein auf dem Kopf stehendes Pentagramm verband die Zeichen miteinander.

»Es gibt einen Spruch, mit dem wir die Runen brechen können, damit sich das Tor schließt. Aber ich schaffe das nicht allein«, bekannte Jan. Flügelrauschen kündete weitere Dämonen an.

»Dann sag, was wir machen sollen, um dir zu helfen«, entgegnete ich. Er nickte und erklärte die Vorgehensweise. Milena, Alexandra und Dino stellten sich an die verbliebenen drei Runen rund um das schimmernde Portal. Jan kniete sich vor seine Rune und platzierte den Stab in der Mitte. Ich folgte seinem Beispiel und kniete mich ebenfalls hin. Mit einem kräftigen Stoß trieb ich die silberne Klinge in die Holzdielen, in die Mitte der Rune. Ein unüberhörbares Knacken schallte durch den Raum, gefolgt von einem unmenschlichen Kreischen. Die Doppelaxt positionierte ich auf dem Knauf des Schwertes.

»Porta tenebrarum virium claudunt et signa infinitas tenebras aeternum in inferno. [3]«, wiederholte ich Jans Worte im Chor mit den anderen. Immer und Immer wieder dieselben Worte, welche die Macht der Runen brechen sollte. Einer der geflügelten Dämonen schoss aus dem Portal auf mich zu. Ich zeichnete die Schutzrune mit den Fingern und ein Schild baute sich halbkugelförmig um mich herum auf. Ein Teil meiner Konzentration floss in das Schild, während ich gleichzeitig die Worte des Magiers wiederholte. Je länger wir brauchten, umso schwerer fiel es mir, mich zu konzentrieren. Dabei wusste ich, dass ich nur noch ein klein wenig durchhalten musste. Nur noch einen Augenblick.

»Porta tenebrarum virium claudunt!«, brüllte ich über das Getöse der geflügelten Dämonen hinweg, die sich auf uns stürzten. Als das Portal implodierte, führte die freigesetzte magische Energie dazu, dass die Ausgeburten der Hölle zu Staub zerfielen, während mein Trupp und ich von den Füßen gerissen wurden. Putz rieselte von der Decke herab. Risse in der Tapete aus den Achtzigern zeugten von der ungeheuren Energie, die entfesselt worden war. Schmutz schwebte in der Luft und Stille legte sich über den Raum.

Ein Lachen kämpfte sich aus meiner Brust und verwandelte sich in ein Husten.

---

[3] Portal der dunklen Mächte schließe dich und versiegle die unendliche Finsternis auf ewig in der Hölle.

»Wir haben es geschafft.« Milenas Stimme war nicht mehr als ein Krächzen. Dino stöhnte irgendwo auf der anderen Seite des Raumes.

»Erinnert mich daran, dass ich den nächsten Auftrag ablehne«, sagte Alex und ein dumpfes Geräusch folgte. Ich richtete mich auf die Ellenbogen auf und sah sie den Staub von ihrer Lederjacke klopfen.

Ich sammelte meine Waffen auf, verstaute die Äxte an der Magnethalterung auf meinem Rücken und fuhr mir mit dem Arm über die Stirn. Das Silberschwert verschwand leise in der Scheide. Ich musste fürchterlich aussehen. Blutverschmiert, verdreckt und mit zerrissenen Klamotten.

Mein Handy klingelte und Wake Up von den Black Veil Brides dudelte fröhlich vor sich hin. Ich ignorierte den Anruf meiner Schwester und zündete mir stattdessen eine Kippe an. Durch die Nase stieß ich den Qualm aus und sah mich in der Runde um.

»Okay, lasst uns von hier verschwinden und dem Zirkel Bericht erstatten.« Mit dem Fuß kickte ich ein Stück Rigipsplatte zur Seite.

»Überlass das Jan und mir. Wir kümmern uns darum«, bot Dino an und richtete sein Kopftuch, das er immer um die Stirn gelegt hatte, wenn er auf Mission war. Er hatte eine Platzwunde auf seiner unrasierten Wange.

Ich nickte. »Danke. Ich schulde dir was. Wir sehen uns«, sagte ich und gemeinsam verließen wir das Haus. Das bedrohliche Ächzen des alten Gebäudes begleitete uns auf dem Weg nach draußen, wo Dino und Jan sich von Milena, Alex und mir trennten. Vermutlich hatte das Gemäuer mehr abbekommen, als ich angenommen hatte. Nun gut. Es hatte leer gestanden und sollte sowieso grundsaniert werden. So gab es nun auch einen greifbaren Grund dafür. Ich war gespannt, was der Zirkel daraus machte. Wahrscheinlich eine Gasexplosion oder etwas in der Art. Wenn ich darüber nachdachte, dann war die Mission nicht wirklich nach Plan gelaufen. Wir hatten zwar das Ziel erfüllt: Schließen des Portals und etwaige Dämonen aus dem Weg räumen. Aber der Ausgang hinterließ einen faden Beigeschmack.

II

An der Ecke, an der wir uns etwa zwei Stunden zuvor getroffen hatten, verabschiedete sich Milena von uns. Sie lächelte gequält und hielt sich die rechte Seite. Ihre kurzen blau lila Haare waren ergraut, was dem herabfallenden Staub nach der Implosion des Portals geschuldet war. In ihrem rundlichen Gesicht bildete sich ein Bluterguss unterhalb ihres linken Auges.

»Lass deine Wunden versorgen und schon' dich die nächsten Tage«, rief ich ihr hinterher. Sie hob eine mit Ringen besetzte Hand. Ich bemerkte Alexandras Seitenblick und wandte mich ihr zu.

»Was ist?«

»Muss ich das wirklich erklären? Dich hat es am schlimmsten von uns erwischt. Dass du überhaupt aufrecht laufen kannst, wundert mich.« Sie deutete mit einer Hand auf die Schnitte an meinen tätowierten Armen.

Ich zuckte mit den Schultern und grinste. »Ich habe eine gute Selbstheilung. In einer Woche ist davon nichts mehr zu sehen.«

»Das ist wohl wahr, aber das meine ich nicht.« Sie verfiel in hessischen Dialekt. »Ich zerbreche mir schon die ganze Zeit den Kopf darüber, was der Pentarmon mit seinen letzten Worten an dich gemeint hat, bevor Dino ihn abgefackelt hat.«

Auf Höhe des Marktbrunnens hielt ich inne und starrte vor mich aufs Pflaster. Das Gift, von dem der Pentarmon gesprochen hatte, pulsierte durch meine Adern. Sorgte es wirklich dafür, dass ich nicht mehr lange leben würde und zu dem wurde, was ich am meisten verabscheute – einem Dämon? Aber da war noch was anderes, das mich beunruhigte. Diese Erschütterung in meiner Seele, als wäre etwas Mächtiges dort eingedrungen. Der Schnitt auf meinem Oberarm pochte plötzlich unangenehm. Mit den Fingern berührte ich die Wunde. Ich verzog das Gesicht und stöhnte leise. Mein Magen überschlug sich. Galle sammelte sich auf meiner Zunge. Kurz darauf würgte ich mein spärliches Mittagessen hervor. Mit dem Handrücken fuhr ich mir über den Mund und richtete mich am Brunnenrand abgestützt auf.

Einige Passanten – Studenten auf dem Weg in eine Bar, vermutete ich – verzogen das Gesicht und machten einen Bogen um uns. Ich suchte mir einen fixen Punkt auf der Rathausfront gegenüber. Die Uhr zeigte die Viertelstunde. Gleich würde der Trompeter loslegen und die Zeit verkünden.

»Wusstest du, dass es nicht der Hahn auf dem First des Rathausturmes ist, der kräht, sondern die beiden Trompeter an der Uhr«, fragte ich und deutete mit dem Finger auf die Figuren links und rechts.

»Was? Wie kommst du denn jetzt darauf?«, entgegnete Alex mit einem verstörten Blick.

»Weißt du, dass du wunderschöne braune Augen hast?«

»Ich mache mir langsam ernsthafte Sorgen, Vic. Du bist nicht ganz bei Sinnen.« Sie legte mir einen Arm um die Taille. »Komm, bringen wir dich nach Hause.«

Ich stützte mich dankbar auf ihr ab, denn ich traute meinen Beinen nicht mehr. Was war nur los mit mir? Mir war schwindelig und schlecht, als hätte ich mich bis zur Oberkante betrunken. Lag es tatsächlich an diesem verdammten Gift der Dämonen? Normalerweise haute mich nichts so schnell aus den Socken. Alkohol vertrug ich gut und Erkältungen oder eine Grippe hatte ich in meinem Leben nur ein- bis zweimal gehabt. Und das sollte schon was heißen bei meinen achtundzwanzig Lenzen. Hatte der Kampf mehr von mir abverlangt, als ich zuerst vermutet hatte?

Aus meinen Gedanken zurückkehrend, sah ich mich um. Wir waren bereits im Oberstadtaufzug auf dem Weg nach unten. Alex stützte mich noch immer und ihre Berührung war angenehm. Ich sah auf sie hinunter, da ich mindestens zwei Köpfe größer war als sie. Der Aufzug kam mit einem Ruck unten an. Ich löste mich aus ihrem Griff und taumelte vor ihr her. Mit ausgestrecktem Arm stützte ich mich an der Hauswand ab und kämpfte darum, mich nicht ein weiteres Mal zu übergeben.

»Vic!«, hörte ich Alexandra rufen.

»Was zur Hölle …?« Im nächsten Augenblick fand ich mich auf dem Boden wieder. Das Gesicht meiner besten Freundin erschien in meinem Sichtfeld. Die Leute in der Nähe warfen uns neugierige Blicke zu, doch keiner half mir. Ärger und Frust stiegen in mir hoch.

Was wundert dich daran, Bursche? Ihr Menschen seid ein arrogantes und egoistisches Volk, das vergessen hat, was Nächstenliebe bedeutet.

Wo zum Henker kam diese Stimme auf einmal her? Ich starrte in Alex' braune Augen. Sorge und Angst mischten sich darin. Langsam stemmte ich mich auf die Füße. Sofort war sie wieder an meiner Seite und stützte mich.

»Halt nur noch ein wenig durch. Wir sind gleich da.«

»Bring … mich …«, presste ich hervor. »Bring mich z-zum Gefallenen.« Er war der Einzige, der mir jetzt am ehesten helfen konnte. Aus einem Impuls heraus zog ich den Ärmel meines T-Shirts nach oben und betrachtete die Wunde, der ich diese ganze Misere verdankte. Die Hautränder hatten sich gelblich verfärbt und das auf dem kopfstehende Kruzifix-Tattoo zerstört. Die Verfärbung zog sich weiter über den Arm bis hinunter zu meinem Ellenbogen.

»Verfluchter Dreck.«

»Das sieht nicht gut aus. Mein Auto steht im Parkhaus«, erklärte Alex. Wir liefen entlang der Einbahnstraße, vorbei an der Touristen-Info, einigen Geschäften und einem Dönerladen und erreichten endlich das Oberstadtparkhaus am Pilgrimstein. Dieses Gift war nicht von normaler Natur. Es brannte sich in meine Adern. Wahrscheinlich war ich bereits in der Hölle und verbrannte innerlich im Fegefeuer. War das die Strafe für meine Schuld? Ich bezweifelte es. Aber das Schicksal ging nun einmal seltsame Wege. Wenn ich die Sache überlebte, dann würde ich mich zur Feier des Tages ordentlich betrinken. Ich zog die Zigarettenschachtel aus der Hosentasche und fischte eine Kippe mit den Lippen heraus. Sobald sie angezündet war, nahm ich einen tiefen Zug und stieß den Rauch zufrieden seufzend aus. Wenn ich sterben musste, dann wenigstens mit Genuss.

III

Eine gefühlte Ewigkeit später parkte Alex ihren schwarzen Golf, den sie liebevoll ›Phönix‹ nannte, vor dem modernen Fertighaus des Gefallenen, das mehr einer Villa glich als einem Einfamilienhaus. Meine beste Freundin hatte uns erstaunlich schnell durch die Straßen der Stadt gelotst.

Eine Hand an der Autotür zog ich mich aus dem Sitz. Ich torkelte zur Holztür hinüber, die von einem gläsernen Windfang vor Regen und Wind geschützt war. Die Außenleuchte spendete das einzige Licht in der anbrechenden Dunkelheit.

Nicht mehr lange und du bist tot. Dann kann ich in aller Ruhe deinen Körper für mich beanspruchen, Bursche. Übrigens nicht die schlechteste Wahl. Mir gefällt, was ich da sehe, meldete sich erneut eine unbekannte Stimme in meinem Kopf.

»Was zur Hölle soll das?«, fragte ich und stützte mich an der beigen Hauswand ab. Seit wann war diese verfluchte Stimme in meinem Kopf? Bisher erfreute ich mich bester Gesundheit und galt nicht als verrückt. Ich fasste mir an die Stirn. Bescheuertes Fieber. Jetzt halluzinierte ich auch noch.

Du halluzinierst nicht. Ich bin in deinem Kopf oder vielm...

»Halt die Klappe«, unterbrach ich die Stimme, die sich anhörte, als käme sie aus weiter Ferne.

»Ich habe nichts gesagt, Vi...« Alex kam nicht dazu, den Satz zu beenden, da ich bedrohlich schwankte. Die kühlen Hände meiner besten Freundin legten sich unter meinen Arm und hielten mich aufrecht. Meine Sicht verschwamm. Ich blinzelte und klopfte an die Haustür, woraufhin erst einmal nichts passierte. Also hämmerte ich erneut gegen die Tür und betätigte die Klingel. Eine tiefe Klangfolge hallte im Inneren des Hauses wider und Schritte näherten sich. Der Gefallene, wie wir Dämonenjäger ihn nannten, riss die Tür auf.

»Was zur Hölle soll der Lärm?!«, rief Luzifer. Auf seinem Personalausweis allerdings stand der Name Lukas Morgenstern.

Ich grinste ihn schwach an. Seine geheimnisvollen Augen musterten mich von oben bis unten, bevor sie sich auf Alex legten. Seine Iriden schienen in ständigem Wandel zu sein. Mal waren sie braun, im nächsten Moment schimmerten sie golden. Es schauderte mich jedes Mal, wenn ich seinem Blick begegnete, weshalb ich es vermied, ihm allzu oft in die Augen zu schauen.

»Hey, Luz«, begrüßte ich ihn mit einem schiefen Lächeln.

»Du siehst scheiße aus, Kiron!« Er verschränkte die Arme vor der Brust. Warum nannte er mich nicht wie alle anderen bei meinem Rufnamen Victor? Seit wir uns kannten, blieb er standhaft bei meinem Zweitnamen Kiron.

»Dürfen wir reinkommen?«, fragte ich mit belegter Stimme und späte an ihm vorbei zur Treppe, die ins Obergeschoss führte. Luzifer, der normalerweise auf sein Aussehen achtete, ließ sich zu meiner Verwunderung einen dichten Vollbart stehen. Bevorzugt hatte er einen Dreitagebart, den er penibel pflegte, um dem seriösen Geschäftsmann-Image einen Badboy-Touch zu geben. Über einem Hemd trug er einen Hausmantel, wie ihn Männer aus dem letzten Jahrhundert gern getragen hatten.

Ich richtete mich auf, so gut ich konnte. Doch anstatt aufrecht zu stehen, hing ich an der Hauswand wie ein nasses Handtuch.

»Was hast du diesmal gemacht?« Die Resignation in seiner dunklen Stimme brachte mich zum Schmunzeln.

»Gar nichts.« Ich versuchte, so unschuldig wie möglich auszusehen. Er kannte mich besser.

»Das sieht mir aber nicht danach aus«, sagte er und baute sich in der Tür zu seiner vollen Größe auf. Ich war mit meinen fast zwei Metern recht groß, doch er überragte mich um einen halben Kopf.

»Vic wurde von einem Pentarmon mit einem horn-ähnlichen Dolch angegriffen«, mischte sich Alex nun mit leiser Stimme ein.

Luzifer wandte sich ihr zu. »Beschreibe mir das Horn genauer«, sagte er.

»Es war schwarzgrau, spiralförmig und am Ende leicht nach oben geneigt.«

Er fluchte ungehalten und griff meinen verletzten Arm. Mit der Rechten schob er den Ärmel hoch und schüttelte den Kopf. Stöhnend lehnte ich die Stirn gegen die kühle Hauswand. Warum war mir auf einmal so heiß? Wenn ich hier noch länger stand, dann würde ich vor seinen Augen zusammenbrechen. Ich spürte, wie sich etwas Fremdes in meinem Körper auszubreiten begann.

»Kannst du ihm helfen?«, fragte Alex besorgt.

Ich kämpfte die Präsenz, die nach meiner Seele griff, zurück. Stöhnend sank ich auf ein Knie. »Bitte, Luz.« Meine Stimme war ein heißeres Krächzen. Meine Kehle schnürte sich zu. Ich wollte nicht zu Füßen des Gefallenen sterben. Meine Aufgabe war noch nicht erledigt. Aus dem Augenwinkel bemerkte ich, wie sich seine Haltung veränderte.

»Halt durch, Kiron.« Zwei starke Hände packten mich an den Armen und zogen mich auf die Beine. Einen Augenblick später lag ein kräftiger Arm um meine Brust und hielt mich aufrecht.

»Alex, du assistierst mir«, sagte Luz. Die Tür schloss sich wie von Geisterhand. Wir folgten der Diele an der Treppe vorbei, unter der sich eine Abstellkammer befand.

»Die zweite Tür rechts«, erklärte er und meine beste Freundin eilte voraus, um besagte Tür zu öffnen.

Ich war noch sehr jung, als ich mit meiner Großmutter zum ersten Mal bei Luzifer gewesen war. Sie benötigte Unterstützung für einen Auftrag. Das nächste Mal, als wir uns begegneten, war ich selbst Dämonenjäger. Selbstbewusst und naiv, wie ich damals war, bat ich um seine Hilfe, die er mir verweigerte.

»Leg dich auf die Liege, Kiron.« Er stand vor der schmalen Behandlungsliege mitten im Zimmer. Gegenüber von uns befand sich ein Fenster, dessen Vorhänge zugezogen waren.

»Warum nennst du mich eigentlich immer so?«, fragte ich mit schwerer Zunge. Aus dem Augenwinkel sah ich Alex um die Liege herumlaufen.

»Ich nenne dich so, weil es der Name eines großen Kriegers ist.«

»Der ich nicht bin«, entgegnete ich ihm trocken und ließ mir von Alex auf die Liege helfen.

»Früher oder später wirst du es erkennen, Kiron.« Er krempelte die Ärmel seines Hemdes hoch, während ich mich auf die Untersuchungsliege legte. Mir fiel es zunehmend schwerer, einen klaren Gedanken zu fassen. Meine Kraftreserven sammelnd klammerte ich mich an meinen Lebensfunken. Nein, so wollte ich nicht enden.

»Alexandra, bring mir bitte den Rolltisch.« Er trat neben mich. »Ich muss das Gift isolieren und aus deiner Blutbahn saugen.«

Oh, das wird höllisch schmerzen, Bursche. Das verspreche ich dir.

Nicht schon wieder diese Stimme. Es klang, als stünde der Besitzer in einer Kathedrale. Eine leise aus der Kehle entspringendes Timbre, das sich einem ins Ohr setzte.

Erinnerst du dich noch an das Horn?, flüsterte sie in meinem Kopf. Ja, das war ein Teil von mir und ... Tja, nun bin ich hier.

Was beim Himmelreich sollte das bedeuten? Die einzige Antwort, die ich erhielt, war ein hämisch-amüsiertes Lachen tief unten in meiner Seele. Mein Herz schlug mir bis zum Hals und ich hatte das Gefühl, als wolle es jederzeit aus meiner Brust springen. Meine Hände krallte ich in die Seiten der Patientenliege, als der Gefallene Alkohol über die Schnittwunde goss. Ich schloss die Augen, während mir der Schweiß auf der Stirn stand. Mein Schmerzensschrei erfüllte den gesamten Raum.

»Halt ihn fest!«, drang seine Stimme zu mir durch. Schmale Hände legten sich auf meine Schultern und drückten mich auf die Liege zurück. Beißender Schmerz fuhr in meine Haut. Versuchte Luz mir den Arm zu amputieren? Ein Sog im Arm und die Wellen des Leids ebbten ab. Gleichzeitig fühlte ich mich, als habe ein Monster mich gefressen, runtergeschluckt und ausgespuckt.

»Gut. Vorerst wirst du leben, Kiron.« Luz tupfte mit einem Lappen die Wundränder ab.

»Vorerst?«, fragte ich nach. Zu erschöpft, um den Kopf zu heben, drehte ich ihn zur Seite, um ihn anzusehen.

»In deinem Körper war ein dämonisches Gift. Ich konnte es entfernen, aber da ist noch etwas anderes in dir.«

»Was du nicht sagst.« Ich schaffte es nicht, den Zynismus aus meiner Stimme zu verbannen.

»Ich hatte mehr Dankbarkeit erwartet.« Der Gefallene trocknete sich die Hände mit einem Lappen.

»Ich danke dir aufrichtig für deine Hilfe«, sagte ich und richtete mich langsam auf. Ein Fehler, wie sich sogleich herausstellte. Als hätte Alexandra es geahnt, hielt sie mir eine Nierenschale hin, in die ich mich übergab. Mein Schädel brummte und meine Glieder waren bleischwer.

»Bleib noch kurz liegen und gönn dir ein bisschen Ruhe.« Ihre mit Kajal umrandeten Augen zeigten deutlich ihre Sorge.

»Ach, Unsinn. Mir geht es blendend.« Ich schwang meine Beine über den Rand der Liege und sprang auf die Füße. Das Letzte, was ich sah, war das Entsetzen in Alex' Miene und wie Luz die Augen verdrehte. Das Zimmer verschwand und Dunkelheit umschloss mich wie eine zupackende Hand.

Ich fiel in bodenlose Schwärze, verlor immer wieder die Orientierung, bis ich abrupt auf weichem Untergrund landete. Ächzend öffnete ich die Augen.

Ich stand auf und sah mich um. Zerklüftete Wände, die an einigen Stellen eingestürzt waren, bildeten einen runden Raum. Wenige Armlängen vor mir entdeckte ich einen Stein, auf dem ein hochgewachsener Mann mit schwarzgrauen Hörnern saß. Er trug die klassische Kleidung eines adligen Herrn gegen Ende des neunzehnten Jahrhunderts. Zu altmodisch nach meinem Geschmack. Aus seinem Rücken wuchsen fledermausähnliche Schwingen. Die dunkle Präsenz, die von ihm ausging, erfüllte den Raum.

»Willkommen in meiner Welt, Bursche!« Er lächelte und zeigte zwei Fangzähne, die denen von Vampiren ähnelten. Die leuchtenden schräg stehenden Augen mit einer schmalen Pupille fixierten mich.

»Wer bei den neun Höllenkreisen bist du?«

»Eben dort nennt man mich Thalranar.«

»Und wo bin ich?«

»Falsche Frage. Es ist doch viel interessanter zu hinterfragen, wie tief du im Morast deiner eigenen finsteren Seele steckst.« Ein süffisantes Grinsen trat auf das schmale Gesicht.

»Du verarschst mich!« Ich weigerte, mich zu glauben, was der Dämon da sagte. Die zertrümmerten Wände, die drückende Hitze und die Aura dieses Ortes erdrückten mich beinahe. Doch die Last, die mich seit dem Tod meiner Großmutter begleitete, wog schwer auf meinen Schultern. Die Schatten, die über die steinernen Wände krochen, streckten ihre Klauen nach mir aus und bohrten sich tief in meine Seele. Es fiel mir schwer zu atmen. Das war ein Albtraum, ich musste nur aufwachen und alles war wieder gut. All meine Kraft sammelnd, richtete ich mich vom Boden auf. Eine zähflüssige Masse klebte an meinen Händen. Ich wischte sie an meiner Hose ab, doch sie blieb haften.

»Es ist leider so, wie ich es sage, Bursche.« Er strich sich über das Revers seines Gehrocks, das mit goldenen Mustern verziert war.

»Bring mich zurück!«

»Wohin?« Er betrachtete gelangweilt seine Hände, die in schwarzen Handschuhen steckten.

»Weg hier. Das kann unmöglich meine Seele sein!«

»So leid es mir tut, aber sieh den Tatsachen ins Gesicht. Es ist deine Seele und nur du allein kannst dich zurückbringen.«

»Lügner!«, rief ich. In meinen Händen spürte ich die Griffe der Äxte. Ich hob sie und trat einen Schritt auf ihn zu. Das Gefühl, auf Watte zu laufen, hinderte mich daran, sofort auf ihn loszustürmen.

»Oh nein.« Er hob seinen Zeigefinger und bewegte ihn hin und her. »Das würde ich schön sein lassen. Denn wenn du mich tötest, stirbst du auch.« Thalranar glitt von dem Felsen, kam einen Schritt näher und beugte sich vor. »Unsere Seelen sind nun auf ewig miteinander verbunden.« Er zwinkerte verschwörerisch.

»Nein! Niemals!« Ich warf eine der Äxte auf ihn. Die versilberte Schneide drang in seine rechte Schulter ein. Gleichzeitig schoss Schmerz durch meine Schulter. Mein Arm erschlaffte. »Was ...?«

»Ich habe dich gewarnt.« Thalranar zog die Waffe aus seiner Schulter und warf sie achtlos zur Seite. »Schade um den schönen Gehrock.«

Innerhalb weniger Atemzüge verschloss sich die Wunde. Mit offenem Mund und weit aufgerissenen Augen sah ich dem Vorgang zu. Im selben Augenblick verschwand das Taubheitsgefühl in meinem Arm. Ich hob die Hand und bewegte probehalber die Finger. Ohne Einschränkung schloss und öffnete ich meine Hand.

»Ich werde einen Weg finden, wie ich dich wieder loswerde. Das schwöre ich dir.« Meine Rechte ausgestreckt, erschien die Axt erneut. Wind kam auf und Wirbel aus Licht umhüllten mich. Ein starker Sog zerrte an mir und riss mich nur wenige Herzschläge später von den Füßen. Ich wurde nach oben gezogen.

Mit aufgerissenen Augen saß ich kerzengerade im Bett. Ich zitterte und rieb mir mit den Händen übers Gesicht. Als ich den Kopf hob, war keiner außer mir im Raum. Wo war ich? Links neben mir stand auf einem schlichten Nachttisch ein Glas Wasser. Gierig griff ich danach und leerte es in einem Zug. Mein Blick glitt zu dem Fenster an der gegenüberliegenden Wand. Durch die zugezogenen Vorhänge drang schwaches Tageslicht. Ich fühlte mich immer noch miserabel und ausgelaugt, weshalb ich mich zurück in die Kissen sinken ließ.

In meiner Seele sollte ein Dämon hausen? Irgendein Gott erlaubte sich einen Spaß mit mir. Ein Wesen, das ich bis auf den Grund meines Herzens verabscheute, sollte sich mit mir verbunden haben?

Ich sitze sprichwörtlich am tiefsten Punkt deiner Seele. Und ich muss sagen, es gefällt mir hier immer besser, meldete sich Thalranar zu Wort. Ich legte den unversehrten Arm über die Augen und blieb ihm eine Erwiderung schuldig. Niemals würde ich mich dazu herablassen, mit einem wie ihm zu diskutieren. Verflucht noch mal, es war mein Job die Dämonen zu bekämpfen und aus dieser Welt fernzuhalten. Wenn es mir nicht gelang, ihn aus meiner Seele zu lösen, dann wäre all das, woran ich glaubte, für die Tonne. Zusätzlich stand mein Leben auf dem Spiel. Es gab sicher in irgendeinem der Bücher in der theologischen Bibliothek einen Hinweis oder dergleichen, was ich in einem solchen Fall machen musste.

Wie hatte es nur so weit kommen können? Vor allem hatte ich keine Ahnung, wie ich es meinen Freunden erklären sollte. Ich konnte schlecht zu ihnen gehen und sagen: »Hey, wisst ihr was, ich bin von einem Dämon besessen.«

Von einem Dämon achter Ordnung. Du solltest dich geehrt fühlen. Über mir in den Höllenkreisen stehen nur noch ...

»Ja ja, der Dämonenprinz und dessen Vater. Ich weiß«, murmelte ich und rollte mich auf die Seite, sodass ich die Wand anstarrte. Langsam dämmerte ich weg und ein erholsamer, traumloser Schlaf holte mich ein.

Der Druck auf meiner Blase weckte mich. Mühsam schälte ich mich aus der Decke und schlurfte hinüber zur Tür. Mit dem Handrücken rieb ich mir die Augen und gähnte herzhaft. Kurz hielt ich inne, um mich zu orientieren. Ich war noch immer bei Luzifer zu Hause. Vor mir führte eine Treppe ins Erdgeschoss. Links von mir hatte er sich eine Leseecke mit Regalen voller Bücher und einem Sessel mit Beistelltisch davor eingerichtet, die von einem Dachfenster erhellt wurde. Gut, wenn ich mich recht erinnerte, dann lag das Bad hinter der Tür links neben der Treppe. Zielstrebig schlurfte ich darauf zu und betrat das moderne und schlichte Bad.

Als ich wenig später herauskam, kam gerade in diesem Moment jemand nach oben. Ich erreichte die Zimmertür und lehnte mich gegen den Rahmen. Luzifer erschien auf der obersten Stufe und lächelte. In den Händen hielt er zwei Tassen. Das Röstaroma von frisch gebrühtem Kaffee stieg mir in die Nase und ich grinste breit. Die Vorfreude auf den bitteren Geschmack stieg in mir auf.

»Wie ich sehe, ist da jemand von den Toten wieder auferstanden«, begrüßte er mich und reichte mir eine der beiden Tassen.

»Vielen Dank und dir auch einen guten Morgen«, erwiderte ich und nippte an der schwarzen dampfenden Flüssigkeit. Ich war ein regelrechter Kaffeejunkie und brauchte nach dem Joggen mindestens drei Tassen, um überhaupt in den Tag zu starten.

»Wir haben frühen Nachmittag.« Er deutete mit einer Hand auf die Tür. »Gehen wir in dein Zimmer. Du solltest noch nicht zu lange auf den Beinen stehen.«

Ich runzelte die Stirn. Das klang ernst.

Auf dem Bett sitzend winkelte ich ein nacktes Bein an und warf ihm einen auffordernden Blick zu. Gleichzeitig inhalierte ich den Kaffee.

»Du hast drei Tage durchgeschlafen, Kiron. Heute ist Freitag. Du warst immer mal wieder kurz wach, aber nicht wirklich anwesend. Zwischendurch hattest du sogar Fieber. Ich gehe davon aus, dass es noch Nachwirkungen des Giftes waren.«

Mir fiel die Kinnlade herunter. Um meine Überraschung nicht ganz so offensichtlich zu zeigen, nahm ich einen Schluck vom Kaffee und verbrühte mir prompt die Zunge.

»Drei Tage.« Ich starrte aus dem Fenster gegenüber der Zimmertür. »Und Fieber.« Ich konnte mich beim besten Willen an nichts davon erinnern. War ich so im traumlosen Schlaf gefangen gewesen, dass ich all das nicht mitbekommen hatte?

»Wie kommt es, dass ich mich nicht daran erinnere? Ich hätte zumindest Fieberträume oder so haben müssen?«

Luzifer lehnte sich zurück. Heute hatte er sich in seinem Kleidungsstil für ein normales T-Shirt mit Stoffhose entschieden. Er fuhr sich durch die dunklen Haare, wodurch ihm eine Handvoll Strähnen in der Stirn hingen. Seit ich ihn kannte, achtete er immer sehr auf sein Äußeres. Aber in seinen eigenen vier Wänden, wenn er keinen Besuch erwartete, schien das anders zu sein.

»Nun, der menschliche Geist hat seine Abwehrmechanismen. Gerade du als Dämonenjäger solltest wissen, dass es Schutzmechanismen der Seele gibt, die dich davor bewahren, verrückt zu werden.«

Ich nickte. Sollte ich ihm von dem Dämon erzählen, der es sich in meinem Innern gemütlich gemacht hatte? Vielleicht konnte er mir helfen, einen Weg zu finden, wie ich diesen Thalranar loswurde.

Bist du sicher, dass er dich nicht auf der Stelle umbringen würde, Junge?

Das war ich, aber Luzifer war manchmal unberechenbar, weil er selten seine wahren Gefühle zeigte. Der Umgang mit ihm war nicht einfach, wenn es um spezielle Themen ging. Das hatte ich schon in der Vergangenheit feststellen können. Dennoch war er ein Freund, dem ich vertraute. Einer der wenigen in meinem Leben. Wenn man sich meinen Respekt und meine Loyalität verdiente, dann besaß derjenige diese bis zum Lebensende und konnte sich auf mich verlassen.

»Woran denkst du?«, durchbrach Luzifer meine Gedanken.

»Ich frage mich, wo meine Klamotten sind.«

Luzifer zuckte mit den Schultern. »Deine Kleidung war so verdreckt, dass ich sie entsorgt habe. Alexandra hat frische Sachen aus deiner Wohnung geholt und hergebracht.« Er erhob sich vom Stuhl und nahm mir die Kaffeetasse aus der Hand. »Du solltest duschen und dir was anziehen. Ich mach uns inzwischen was zu Essen.« Mit diesen Worten verließ er das Zimmer. Zur Probe hob ich einen Arm und machte eine Geruchsprobe. Okay, er hatte recht. Drei Tage ohne Dusche und nach einer Mission mit Blut, Schweiß und was weiß ich noch für Ausdünstungen, war eine Dusche vielleicht nicht ganz verkehrt.

Stunden später verließ ich nach einem ausgiebigen Essen gemeinsam mit Luzifer das Haus. Zuvor hatte ich ihn gefragt, ob wir was trinken gehen wollten, und er hatte zugestimmt. Daraufhin hatte ich meinen Trupp angerufen und nachgefragt, ob sie ebenfalls kamen. Dino hatte begeistert zugesagt und auch Alex war nicht abgeneigt von der Idee und zögerte keinen Moment, mir ein Ja zu geben. Lediglich

Milena hatte wegen ihrer gebrochenen Rippen abgesagt. Mir war klar, dass sie die nächsten Wochen ausfallen würde.

Luzifer verließ vor mir den Oberstadtaufzug. Wir betraten die Gasse, in der sich ein Fachwerkhaus neben das andere reihte, und bogen nach links ab, um zu meinem liebsten Lokal zu gelangen, der Brasserie.

Ich öffnete die Tür und Luzifer folgte mir auf dem Fuße. Wir gingen am Tresen vorbei in den hinteren Teil des länglichen Gastraums. Dort ließen wir uns an einem leeren Tisch in der Ecke nieder. Ich brauchte nicht lange, um mir einen Drink auszusuchen. Die Arme legte ich auf die Rückenlehne der Bank an der verspiegelten Rückwand. Von unserem Platz aus hatten wir einen guten Überblick auf das ganze Lokal. Die Tür immer im Blick.

Während wir auf unsere Getränke warteten, musterte mich Luzifer eingehend.

»Hast du in letzter Zeit mit deiner Mutter gesprochen?«, fragte er unvermittelt. Ich hob die Augenbrauen. Wie kam er jetzt auf meine Ma?

»Haben vor zwei Wochen das letzte Mal telefoniert. Warum fragst du?«

»Ach, nur so.« Für einen Herzschlag lag auf seinem Gesicht ein Schatten. War das Sehnsucht vermischt mit Trauer, was ich in seinen Augen sah? Ich war mir nicht sicher.

»Soll ich ihr was ausrichten, wenn sie nächste Woche zu mir kommt?« Irgendwie hatte ich den Eindruck, als würde ihn mehr mit meiner Mutter verbinden, als er offen gestand. Schließlich schüttelte er den Kopf und setzte sein strahlendes Lächeln auf, als die Kellnerin mit unseren Getränken kam. Mein Blick dagegen huschte immer wieder zu Luzifer, der froh über die Unterbrechung zu sein schien.

Nacheinander trudelten Alexandra und Dino ein. Mit Umarmungen und einem Handschlag begrüßte ich die beiden.

»Gut, dass es dir wieder besser geht, Alter.« Dino schob die Brille auf die Nase zurück. Wenn er auf Mission war, trug er Kontaktlinsen. Die behinderten ihn während eines Kampfes weniger. Sein androgynes Aussehen zog nicht nur Frauen an. Manchmal ertappte ich mich dabei, wie ich daran dachte, seine vollen Lippen mit meinen zu bedecken.

Oh, empfindest du etwas für diesen Jungen, meldete sich Thalranar mit einem amüsierten Unterton in der kehligen Stimme. Konnte er mich nicht einfach in Ruhe lassen? Wenn das so weiter ging, würde ich irgendwann die Nerven verlieren. Aber das durfte auf keinen Fall passieren. Ein Dämon, der meinen Körper für unvorstellbare Gräueltaten nutzte, war nicht besser als ein Amokläufer. Und sicher würde ich nicht zulassen, dass bald in der regionalen Zeitung die Schlagzeile stand: 28-jähriger zieht mit zwei Äxten marodierend durch Marburg. Ich musste sehen, dass ich Thalranar so schnell wie möglich aus meiner Seele holte.

Was für eine illustre Gesellschaft, mit der du dich abgibst, Jungchen.

Meine Finger verkrampften sich um das Glas in meiner Rechten. Konnte er sich nicht für eine Bezeichnung entscheiden? Bursche, Junge oder Jungchen, waren keine Anreden, die mir sonderlich gefielen.

»... und nachdem ich den Bericht abgegeben habe, wollten sie noch wissen, wie sich der Frischling angestellt hat«, erzählte Dino.

»Also kein Lob oder eine Extraprämie, obwohl kein Zivilist verletzt wurde und das Haus noch steht?«, fragte ich und schaffte es nicht, den Sarkasmus aus meiner Stimme zu verbannen. »Also wie immer. Die Dämonenjäger sind diejenigen, die die Drecksarbeit für die Magier erledigen. Na dann, Prost.« Ich hob mein Glas und sah in die Runde. Bis auf Luzifer stießen alle mit an.

»Sag mal, Kiron, wenn es dich so nervt, warum bist du Dämonenjäger geworden?«, fragte Luz mich und drehte sein Weinglas zwischen den Fingern.

Ich schwenkte meinen Whiskey im Glas, bevor ich einen kräftigen Schluck nahm »Jugendlicher Leichtsinn«, antwortete ich.

»Mach mir nichts vor, Kiron.«

Ich seufzte und rieb mir mit einer Hand über die Stirn. »Willst du wirklich meine gesamte Lebensgeschichte wissen«, scherzte ich, nahm dann aber noch einen kräftigen Schluck und begann zu erzählen. »Ich bin Dämonenjäger geworden, weil ich unbedingt so werden wollte wie Granny. Ich habe sie dafür bewundert, was sie alles für die Menschheit getan hat, ohne dass diese irgendetwas davon mitbekommen hat.« Ich schluckte, doch der Kloß in meinem Hals verdichtete sich weiter. »Was mich wirklich nervt, ist nicht mein Job. Ich hasse es, dass der Zirkel uns als Fußabtreter benutzt. Jedes Mal, wenn es ein Problem mit irgendeinem Dämon oder schwarzen Magier gibt, dann sind mein Trupp und ich diejenige, die sich die Hände schmutzig machen müssen. Wie vor drei Tagen zum Beispiel.«

Wo du mich kennengelernt hast, mischte sich Thalranar in unser Gespräch ein. Ich verdrehte die Augen und leerte mein Glas in einem Zug. Kurzerhand stand ich auf. »Entschuldigt mich, ich muss kurz rauchen.«

Als ich schließlich draußen war und die Kippe angezündet hatte, nahm ich einen tiefen Zug davon. Mit geschlossenen Augen lauschte ich dem Summen der Stadt. Das Rauschen der Autos hinter den Häusern auf der gegenüberliegenden Seite der Gasse drang nur gedämpft herauf. Die Hitze des Nachmittags staute sich zwischen den Fassaden und die Leute - meist Studenten – redeten und trugen ihren Anteil zu dem Rauschen bei.

Der Ärger verflog allmählich und ich lotete mich wieder ein. Ich liebte Marburg. Diese Stadt gab mir die Balance, die ich für meinen Job und die Zusammenarbeit mit den Magiern benötigte. Was mich daran störte, war nicht die Kollaboration an sich. Sondern die Tatsache, dass ich das Gefühl nicht loswurde, dass der Zirkel mich benutzte.

»Vic? Bruderherz!«

Ich öffnete die Lider und blickte in die schwarz umrandeten braunen Augen von Samantha, meiner kleinen Schwester.

»Hey Schwesterchen.« Augenblicklich zog ich sie in eine feste Umarmung. War sie dünner? Langsam machte ich mir wirklich Sorgen, dass sie krank war. Jedes Mal, wenn wir uns trafen, hatte sie ein bisschen weniger auf den Rippen.

»Du siehst ziemlich beschissen aus, Bruderherz.«

»Ich hatte eine harte Woche«, entgegnete ich und grinste mit der Kippe im Mundwinkel. »Was machst du hier?«

»Raven und ich gehen Feiern.« Die Armreifen an ihren schlanken Handgelenken klirrten, als sie auf ihre Begleitung deutete. »Raven, darf ich dir meinen Bruder Victor vorstellen.«

Was mir als Erstes an ihr auffiel, waren die rot geschminkten Lippen. Dann blickte ich in ihre silbergrauen Augen. Sie sahen mich von oben herab an, obwohl sie gut einenhalb Köpfe kleiner war als ich. Ihre Präsenz war anziehend und furchteinflößend zugleich. Mir war nicht klar, wie sie das machte, aber jeder in der näheren Umgebung richtete augenblicklich seine Aufmerksamkeit auf sie.

»Hey«, sagte ich und meine Kehle war wie ausgedörrt. Schnell räusperte ich mich, bevor ich ihr die Hand entgegenstreckte. Sie ergriff sie und schüttelte sie einmal kurz.

»Freut mich, dich kennenzulernen, Raven.«

»Ich habe schon von dir gehört, Victor Kiron Linne«, erwiderte sie und verschränkte die Arme vor der Brust.

»Ich hoffe nur Gutes.« Ich zwinkerte ihr zu.

Sie rümpfte die Nase und wandte sich dann an Sam. »Können wir weiter?«

»Sofort.« Meine Schwester drehte sich wieder mir zu. »Kann ich dich kurz unter vier Augen sprechen?«

Ich zuckte mit den Schultern und folgte ihr, als sie sich etwas von Raven entfernte.

»Hast du mit Paps gesprochen?«

»Nein!«, antwortete ich schnell und drückte den Zigarettenstummel in einem nahestehenden Aschenbecher aus. »Du weißt genau, dass ich seit ... seit Grannys Tod keinen Kontakt mehr zu ihm habe.« Die Hände schob ich in die Hosentaschen, um sie nicht zu Fäusten zu ballen.

»Bitte, Vic, tu mir den Gefallen und redet endlich miteinander. Ich habe auch schon mit ihm gesprochen, aber ...«

»Aber er hört nicht auf dich, weil er ein sturer Bock ist«, unterbrach ich sie und vollendete ihren Satz.

»Genau wie du.«

Ich schnaubte und warf einen Blick zu Raven hinüber, die mit der Fußspitze auf das Pflaster tippte.

»Bitte, Vic.« Sie legte mir eine Hand auf den Arm. »Versöhnt euch endlich. Es wird langsam Zeit. Ihr könnt euch nicht bis in alle Ewigkeit anschweigen.«

»Bisher hat es ganz gut funktioniert.« Als sie mich mit einem durchdringenden Blick taxierte, seufzte ich.

»Okay. Ich werde mit ihm sprechen«, gab ich nach.

»Du bist der Beste, Bruderherz.« Sie fiel mir um den Hals. Ich legte meine Hände auf ihren Rücken und klopfte ihr auf die Schulter.

»Ich weiß.«

Sie löste sich von mir und streckte die Zunge heraus, bevor sie zu Raven zurückkehrte und sich bei ihr unterhakte. Die Frauen liefen die Gasse hinauf und verschwanden um die Ecke Richtung Marktplatz.

Ich fuhr mir mit einer Hand über das Gesicht und kratzte meinen Bart. Wenn ich ehrlich war, dann hatte ich nicht wirklich Lust darauf, mich mit meinem Vater zu unterhalten. Seit mehr als sechs Jahren gingen wir uns, soweit es möglich war, aus dem Weg. Eine frische Zigarette zwischen den Lippen legte ich den Kopf in den Nacken und sah hinauf in den vom Licht der Straßenlaternen verschleierten Himmel.

ie frische Luft tat unheimlich gut. Meine Kopf-
schmerzen ließen bereits nach dem ersten Kilometer nach. Joggen brachte mich immer auf
andere Gedanken und half mir, mich zu fokussieren.
So konnte ich in Ruhe über Dinge nachdenken, die
ich auf die lange Bank schob. Zum Beispiel das Gespräch mit meinem Vater.

Der gestrige Abend hatte feuchtfröhlich geendet.
Luzifer und ich hatten Dino gnadenlos ausgestochen
mit unserem Pensum. Gemeinsam mit Alex hatte ich
ihn nach Hause gebracht. Meine beste Freundin hatte
kaum Probleme gehabt, obwohl sie Dino nur bis zur
Schulter ging. Er war trotz seiner ein Meter achtzig
hager und schmal gebaut. Ich mochte seine ruhige
Art und wie er sich im Kampf schlug. Wenn es darauf
ankam, konnte ich mich bedingungslos auf ihn verlassen.

Läufst du immer so früh, fragte Thalranar unvermittelt
in meinem Kopf. Da ich beim Joggen Musik hörte

und dementsprechend Kopfhörer trug, konzentrierte ich mich auf die Stimme des Sängers meiner Marburger Lieblingsband. So früh an einem Samstagmorgen waren kaum Leute unterwegs.

Ah, du ignorierst mich. Aber so leicht kommst du mir nicht davon. Seine Worte flossen unaufhörlich in meine Gedanken und übertönten das Lied.

Entnervt stöhnte ich auf. »Also gut. Hör auf mit deinem Gesabbel. Ja, ich laufe diese Strecke immer so früh.«

Jeden Tag?

»Jap. Irgendwie muss ich mich ja fit halten und es hilft mir, abzuschalten und einen kühlen Kopf zu behalten bei dem Chaos, das ihr Dämonen immer wieder anrichtet.« Während ich wartete, dass die Schwenkbrücke übers Schwarze Wasser, einem Zufluss der Lahn, vom Wärter in die richtige Position gebracht wurde, dehnte ich meine Muskeln an dem Geländer.

Du schärst uns über einen Kamm und bist von Vorurteilen zerfressen. Wir sind nicht alle, wie die unteren Ordnungen in den niederen Höllenkreisen.

Versuchte er sich zu rechtfertigen? Ich schüttelte den Kopf. Das war wirklich interessant. Aber für mich machte es keinen Unterschied, solange er mir nicht das Gegenteil bewies, würde ich meine Meinung nicht ändern.

Eine viel wichtigere Frage war: Wie zum Henker wurde ich ihn los? Soweit ich mich erinnern konnte, gab es einen Zauber, der die Verbindung zweier Personen oder Seelen aufspüren konnte. Ich musste dazu nur in die Bibliothek der alten Uni.

Den letzten Kilometer der morgendlichen Laufrunde legte ich ohne Unterbrechung von Thals Stimme zurück. Ich überlegte mir einen Plan, wie ich weitervorgehen würde, sobald ich ein ausgiebiges Frühstück hinter mir hatte. In meiner Altbauwohnung im Stadtteil Weidenhausen angekommen, ging ich unter die Dusche. Irgendwann musste ich jemandem von dem Dämon in meiner Seele erzählen. Ewig konnte ich das nicht verbergen. Besonders nicht vor meiner besten Freundin, die jedes Mal meine Gedanken zu erahnen schien, wenn ich nicht einmal daran dachte.

Das Klingeln meines Smartphones riss mich aus meinen Grübeleien. Mit einem Handtuch um die Hüften kehrte ich ins Schlafzimmer zurück. Auf dem Display leuchtete eine unbekannte Nummer. Ich zog eine Augenbraue nach oben und nahm den Anruf entgegen.

»Victor Linne. Morgen.«

»Na endlich«, meldete sich eine weibliche melodische Stimme, die mir bekannt vorkam. »Ich hab dir unzählige Nachrichten geschickt. Auf keine davon hast du reagiert.«

»Wer bist du und woher hast du meine Nummer?«, fragte ich misstrauisch.

»Raven von Krähenstein. Wir haben uns gestern vor der Brasserie kennengelernt. Ich war mit deiner Schwester unterwegs. Du erinnerst dich?«

»Die rothaarige Lady mit dieser immensen Präsenz.« Natürlich erinnerte ich mich.

»Das war ich«, bestätigte sie trocken. »Hörst du mir bitte zu?«

»Warum sollte ich? Wir kennen uns kaum und dann rufst du mich einen Tag später an ohne ein nettes Grußwort.« Ich ging in die Küche, wo ich eine Tasse aus dem Schrank holte. Mit einem unterdrückten Gähnen stellte ich sie unter meine Kaffeemaschine, legte zwei Pads ein und drückte auf den Startknopf. Während ich auf den Kaffee wartete, lehnte ich mich gegen die Zeile.

»Also, was gibt es so Dringendes, dass du mich so früh am Morgen anrufst?«, fragte ich bissig. Üblicherweise sprach mich vor dem ersten Kaffee niemand an, der Wert auf seine Gesundheit legte. Apropos, ich griff die Tasse mit der dampfenden schwarzen Flüssigkeit und nippte daran.

»Victor, Dämonen haben Sam entführt.«

Wie in Zeitlupe sah ich zu, wie mir die Tasse aus den Fingern glitt. Klirrend zerbrach sie auf dem Fliesenboden meiner Küche und der Kaffee verteilte sich zwischen den Scherben.

Der schöne Boden, kommentierte Thalranar.

»Was?« Ich wollte ihren Worten keinen Glauben schenken. Sie musste sich irren. »Woher …« Ich räusperte mich. »Woher weißt du das?«

»Ich war dabei.« Sie machte eine Pause. »Die Dämonen kamen, kurz nachdem ich sie nach Hause gebracht hatte. Ich bin zurück und dein Vater öffnete mir, da erklang bereits der Schrei aus dem Obergeschoss. Dein Vater und ich konnten nichts ausrichten.«

»Konntet oder wolltet ihr nicht?« Die Worte kamen über meine Lippen, bevor ich darüber nachdachte. »Viland …« Ich unterbrach mich. Das gehörte nicht hierher. Jetzt galt es herauszufinden, wie ich Sam am besten helfen konnte. »Weißt du, wohin sie sind? Hast du irgendwas gesehen?«

»Nein. Als ich in ihr Zimmer kam, war da nur noch die offene Balkontür.«

Verfluchter Dreck! Ich ballte meine Hand zur Faust, ließ das Smartphone sinken und brüllte frustriert. Diese Magier waren zu nichts zu gebrauchen. Wie konnte es sein, dass Sam in Anwesenheit unseres Vaters, einem Dämonenjäger höchsten Ranges, entführt wurde? Irgendwas stimmte da doch nicht. Mit geschlossenen Augen kämpfte ich darum, nicht die Beherrschung zu verlieren. Ich krallte mich in die Anrichte und schlug kurze Zeit später mit der Faust darauf.

»Ist bei dir alles in Ordnung?«, erklang Ravens misstrauische Stimme. Ich atmete tief durch, bevor ich das Handy wieder ans Ohr nahm.

»Ja.« Mehr oder weniger fügte ich in Gedanken hinzu. Meine Schwester war entführt worden, von Dämonen. Wie sollte es mir da gehen?

»Hör zu, Raven. Ich danke dir für deinen Anruf, aber ich muss jetzt auflegen.«

»Was hast du denn jetzt vor?«

»Ich werde ins Haus meiner Eltern gehen und nach Hinweisen suchen.«

»Meinst du, das hätten wir nicht schon gemacht?«

»Bei aller Liebe, meine Gute, aber mein Vater ist seit Jahren nicht mehr als Dämonenjäger tätig und wie es mit deinen Fähigkeiten in Bezug auf Dämonen aussieht, weiß ich nicht, aber überlass das meinen Freunden und mir. Wir sind nicht umsonst Spezialisten auf dem Gebiet«, erklärte ich ihr und stützte mich auf der Holzarbeitsplatte meiner Küche ab.

»Ich bin eine Magierin mit dem höchsten Rang innerhalb des Zirkels. Mit meinen Fähigkeiten könnte ich dich unterstützen.«

Ihre Hartnäckigkeit beeindruckte mich. Andererseits wunderte ich mich darüber, warum sie unbedingt dabei sein wollte.

»Na schön. Sei in einer halben Stunde vor Ort.«

»Einverstanden. Bis dann.« Sie legte auf, bevor ich mich verabschieden konnte.

Ich räumte die Scherben weg und wischte die Sauerei vom Boden auf. Schade um meine Lieblingstasse. Aber gut, ich würde mir eine Neue besorgen. Mit langen Schritten eilte ich durch die Tür des offenen Wohnbereichs in den Flur und weiter in mein Schlafzimmer. Ich schlüpfte in Boxershorts und meine üblichen schwarzen Klamotten. Ohne Umschweife machte ich mich mit allen nötigen Utensilien in einer Umhängetasche auf den Weg zum Haus meines Vaters, dabei hoffte ich, dass er aktuell nicht da war. Einer Konfrontation unter diesen Umständen wollte ich unbedingt aus dem Weg gehen und hatte keine Lust darauf, mich von ihm mit unterschwelligen Beleidigungen niedermachen zu lassen. Denn er hatte mir nie verziehen, was vor sechs Jahren in Cölbe vorgefallen war. Außerdem gab er mir die Schuld daran, dass Ma uns verlassen hatte. Was definitiv nicht mein Fehler gewesen war, da ich zu dem Zeitpunkt bereits in meiner jetzigen Wohnung lebte.

ch hörte Schritte hinter mir, als ich auf Höhe der Wasserscheide in der Wettergasse war. Als mich Finger am Arm berührten, wirbelte ich zu Alexandra herum, die bei meinem Anblick einen Schritt zurückwich. Verzweiflung und Furcht vermischten sich zu einem explosiven Gemisch, das sich jederzeit entzünden konnte.

Du solltest dich beruhigen, Bursche.

Auf seinen Kommentar konnte ich getrost verzichten.

Ich setzte meinen Weg fort und lief links an der Bronzestatue vorbei, die ansteigende Gasse in Richtung Renthof entlang, ohne weiter auf Alex zu achten. Ich wusste, dass sie mit mir Schritt halten konnte.

»Nach deinem Anruf bin ich sofort los. Was wissen wir?« Ihre direkte Art und die Weise, wie sie sich auf das wesentliche konzentrierte, halfen mir mich etwas zu beruhigen.

»Gestern Abend kam eine Horde Dämonen und

hat Sam entführt.«

»Irgendwelche Hinweise, die etwas zur Anzahl und Vorgehensweise aussagen.«

»Leider nein.«

»Woher hast du die Infos?«

»Von Sams Freundin Raven. Sie ist eine Magierin, die Sam mir gestern vorgestellt hat«, erklärte ich und eilte am Gebäude des ehemaligen Renthofes vorbei, von dem die Straße ihren Namen hatte.

»Vertraust du ihr?«

Neben der Front des Stalles blieb ich stehen und drehte mich zu ihr um.

»Raven? Nicht wirklich, aber sie ist die einzige Spur, die wir bis jetzt haben.«

Alex nickte. Hinter ihrem Rücken sah ich Dino, wie er angerannt kam. Über seiner linken Schulter ragte der Griff seiner Armbrust hervor.

»Hey. Da bin ich. Ich hab' den Extrakt aus Rapsöl, Brennnessel, Fenchel und Beifuß dabei.« Dino strich sich die kinnlange Ponysträhne aus dem Gesicht, die jedoch gleich wieder an ihren Platz rutschte.

»Wunderbar. Dann weiter.« Ich hoffte, dass Raven bereits da war, da ich nicht auf sie warten würde.

Mit den beiden im Schlepptau erreichte ich mein ehemaliges Zuhause. Die Magierin wartete tatsächlich mit verschränkten Armen vor der Haustür. Mit einem kurzen Blick auf die angrenzende Garage stellte ich beruhigt fest, dass mein Vater nicht da war.

»Hey. Das sind Dino und Alex. Sie gehören zu meinem Trupp. Leute, das ist Raven.«

Nachdem die Förmlichkeiten erledigt waren, griff ich in meine Umhängetasche und zog eine Phiole mit Weihwasser hervor. Dino reichte mir den Extrakt.

»Was hast du damit vor?«

Ich hörte die Neugier in Ravens Stimme. »Damit mache ich etwaige Spuren von Dämonen sichtbar.« Mit einer Hand fischte ich den Schlüsselbund aus der Hosentasche. Für den Notfall hatte mir Sam einen Zweitschlüssel fürs Haus gegeben, da ich meinen Haustürschlüssel zurückgelassen hatte, als ich ausgezogen war. Viland wusste davon nichts.

Sobald die Tür offen war, trat ich in die Diele und hielt auf die Treppe zu. Oben wandte ich mich der rechten der beiden Türen mir gegenüber zu und öffnete die Phiolen. Das Weihwasser in der zweiten Flasche würde helfen, die Spuren der Dämonen auch für Nicht-Dämonenjäger sichtbar zu machen.

Ich träufelte die Mischung auf das Laminat. Schwarze Nebelschwaden zogen aus dem Boden auf Kniehöhe vor uns auf. Sie bewegten sich unter der Tür hindurch, die ich aufstieß. Im Zimmer manifestierten sich der Dunstschleier zu festen Formen.

»Beeindruckend«, bemerkte Raven, die sich an Alex und Dino vorbei nach mir ins Zimmer geschoben hatte.

Ja, ja. Nicht schlecht. Aber es hilft dir nicht wirklich weiter.

Ich verkniff mir eine Erwiderung und sah mich um. Sorge durchzuckte mich, als ich auf die Wand starrte, an der Sams Schreibtisch stand. In was war sie da hineingeraten? Notizen und Ausdrucke hafteten an der Tapete mit Ornamentmuster. Die dunklen rauchigen Schwaden verdichteten sich an der Balkontür.

»Ostende mihi, quid factum est semel [4]!«, sagte ich und vollführte mit den Händen eine komplizierte Zeichenabfolge aus Kreisen und Dreiecken. Aus dem Nebel bildeten sich Gestalten. Ich konnte deutlich die Silhouette meiner Schwester erkennen. Sie stand vor einem großen Schwaden, der sie um mindestens drei Köpfe überragte.

»Was sehen wir da?«, fragte Raven. Ich warf ihr einen Blick über die Schulter zu und bemerkte Dinos skeptischen Gesichtsausdruck.

»Die Ereignisse, die sich hier gestern zutrugen«, antwortete ich ihr. Sie erblasste. Neben der riesigen Gestalt erschien deutlich die Körperform meines Vaters. Ich ballte die Hände zu Fäusten und spürte Zorn in mir aufsteigen. Viland stand nicht nur tatenlos daneben und sah zu, wie meine Schwester aus ihrem Zimmer auf den Balkon gezerrt wurde, sondern unterhielt sich auch mit dem Dämonenprinzen.

»Das ist gar nicht gut. Der große Schemen, das ist Saetanars Abbild«, sagte Thalranar.

Ein erstickter Laut erklang seitlich hinter mir. Mit einer geschmeidigen Drehung wandte ich mich Raven zu, die ihre Hände vor den Mund hielt. Ihre Augen weiteten sich, als sie ihren Blick auf eine Stelle hinter meiner Schulter richtete.

»Ähm, Vic, Alter« Dinos Mund stand offen und seine grünen Augen waren geweitet.

»Was?« Ich lugte über die Schulter, um zu sehen, was die anderen so aus der Fassung brachte, und starrte in die Katzenaugen Thalranars. Zu perplex, um etwas zu sagen, stand ich mitten im Raum. Wie zum Henker war das möglich? Wie hatte der Dämon sich materialisieren können?

»Das … wie? Ein Dämon?«, stotterte Raven. Ich warf ihr einen kurzen Seitenblick zu. Sie kauerte in der Zimmertür, wie das Kaninchen vor der Schlange. Unfähig einen Muskel zu bewegen.

»Ihr seht ihn?« Ungläubige Gesichter sahen mich an.

»Alter, da steht ein verfickter Dämon achter Ordnung.«, platzte es aus Dino hervor. In einer einzigen fließenden Bewegung zog er seine Armbrust vom Rücken und Alex holte ihre Schwerter aus den Scheiden.

»Wartet!«, rief ich, doch er hatte den Abzug bereits betätigt. Der Bolzen bohrte sich in Thalranars linke Brust unterhalb der Rippen. Ich ächzte, als mir die Luft aus der Lunge gepresst wurde. Meine Rechte ins Shirt krallend taumelte ich gegen den Schreibtisch meiner Schwester und sackte daran hinunter. Der Dämon dagegen stand ungerührt neben mir und riss sich

---

[4] Zeig mir, was einst geschah!

den Bolzen mit einer ruckartigen Handbewegung heraus. Mein Schrei erfüllte den Raum.

»Also wirklich. Immer dieser Übermut der Jugend«, bemerkte der Dämon trocken. Klappernd fiel der Bolzen auf das Laminat. Er hockte sich neben mich und legte eine behandschuhte Hand auf die Wunde, die wir uns teilten. Ein metallischer Geschmack sammelte sich auf meiner Zunge. Ein Hustenanfall schüttelte mich und ich spuckte Blut.

»Nimm deine dreckigen Finger von ihm!«, befahl meine beste Freundin.

»Nicht. Ich erklär' s euch, sobald …« Ich kam nicht dazu, meinen Satz zu beenden, da eine Welle Energie mir den Atem raubte. Die Wunde in meiner Brust verschloss sich.

»Was hat das alles zu bedeuten?« Alexandras Stimme überschlug sich bei dieser Frage.

»Lange Geschichte.«

»Dann raus mit der Sprache. Warum reißt es dich um, Alter, wenn ich ihm einen Bolzen durch die Brust jage?« Dino hielt die Armbrust weiterhin auf Thalranar gerichtet.

»Kiron!« Die mahnende Stimme Thalranars lenkte meine Aufmerksamkeit auf ihn. Ich hob den Blick.

»Wir sollten gehen!«, sagte er.

»Ja, das sollten wir, Thal.«, antwortete ich und kürzte seinen Namen absichtlich. »Wir haben gesehen, was los war.« Dino half mir auf die Beine und stützte mich. Der Dämon löste sich, ebenso wie die dunklen

Schwaden, auf. Als wir das Zimmer meiner Schwester verließen, hörte ich, wie sich die Haustür öffnete. Verflucht! *Ihm* wollte ich jetzt auf keinen Fall begegnen. Gleichzeitig wurde mir klar, dass es keinen anderen Weg raus aus dem Haus gab. Wir würden uns also unweigerlich über den Weg laufen. Dementsprechend löste ich mich von Dino und ging als Erstes die Treppe nach unten.

»Was hast du hier zu suchen?«, fragte Viland, sobald er mich herunterkommen sah. Es war ihm hoch anzurechnen, dass er nicht die Beherrschung verlor. Denn das war etwas, was wir gemeinsam hatten. Wir reagierten in manchen Situationen einfach zu impulsiv.

»Falls es dir entgangen sein sollte, deine Tochter wurde entführt. Von Dämonen«, entgegnete ich gereizt und rückte meine Umhängetasche zurecht. »Ich frage mich, wo du die ganze Zeit bist? Interessiert es dich überhaupt, dass Sam vielleicht nicht mehr leben könnte?« Meine Sorge, Verzweiflung und Angst mischten sich mit Wut und Abscheu.

»Achte auf deine Worte, Victor«, entgegnete er knurrend. Auf seiner Stirn trat die Ader unter dem hohen Haaransatz hervor, was mir sagte, dass ich besser nichts mehr sagen sollte.

»Lasst uns von hier verschwinden«, wandte ich mich an meine Freunde. Ohne meinen Vater eines weiteren Blickes zu würdigen, ging ich an ihm vorbei.

»Sam zuliebe hatte ich vor, mich mit dir zu treffen, damit wir uns aussprechen können. Aber nach dieser Aktion denke ich, dass du kein Interesse an einer Versöhnung hast.«

In der Tür blieb ich stehen. War das Resignation in seiner Stimme? Ich drehte den Kopf so weit, dass er mein Profil sah.

»Ich habe nie etwas anderes gewollt«, sagte ich müde und trat über die Schwelle. Ich wollte nur noch weg. Kaum war ich um die Ecke in Richtung Innenstadt gebogen, gaben meine Beine nach. Dinos filigrane Finger schlossen sich um meinen Arm und zogen mich an sich, stützten mich.

»Komm, ich bring dich nach Hause, Alter. Wir brauchen alle etwas Ruhe. Morgen sehen wir, was wir tun können.«

»Nein, Dino. Ich kann nicht tatenlos in meiner Wohnung hocken und nichts tun.«

»Er hat recht. Du hast gerade eine Menge Blut verloren, du solltest dir eine Pause gönnen«, sagte Alexandra. »Aber auf dem Weg kannst du uns erklären, was es mit diesem Dämon auf sich hat.« Das Gesicht in den Händen vergrabend nickte ich. Meine Beine gaben erneut nach, sobald ich ein paar Meter ging. Wenn ich ihre Hilfe annahm, dann kam ich wenigstens sicher in meine Wohnung. Während Dino mir von rechts unter die Arme griff, lief Alex auf der anderen Seite her. Ich erzählte ihnen, was es mit Thalranar auf sich hatte und warum ich verletzt wurde, wenn er den Hauptschaden erlitt.

Gleichzeitig fragte ich mich, wie es dazu gekommen war, dass er sich in seiner Gestalt in dieser Welt materialisiert hatte. Die Beschwörung zum Sichtbarmachen vergangener Ereignisse hatte wohl auch Thals Präsenz hervorgeholt und ihm die Kraft gegeben, sich in seiner Gestalt zu zeigen. Aber dies war nur eine Theorie und offen blieb immer noch die Frage, ob nur Dämonenjäger und Magier ihn sehen konnten oder auch normale Menschen, die nichts mit den überirdischen Mächten zu tun hatten.

»Diese Raven. Ich traue ihr nicht. Sie verbirgt etwas.«

Ich sah Alex an, die starr geradeaus blickte. Eine Antwort darauf gab ich nicht, da ich selbst nicht so genau wusste, was ich von der Magierin halten sollte. Ihre Aura war einnehmend und zeugte von der Macht, die sie zu verbergen versuchte. Gleichzeitig gab es etwas an ihr, was mich ermahnte, vorsichtig zu sein.

VII

Seufzend stieg ich aus der Dusche. Meine Gedanken wanderten zum gestrigen Tag. Dino hatte mich bis in meine Wohnung begleitet und war über Nacht geblieben, was nicht das erste Mal gewesen war. Doch statt wie immer auf der Couch zu pennen, hatten wir beide in meinem großen Bett geschlafen. Wegen ihm hatte ich heute früh meine Laufrunde ausgelassen. Ein zufriedenes Grinsen schlich sich auf meine Lippen, als ich an die Stunden dachte, die wir eng umschlungen miteinander verbracht hatten. Die Nacht war entspannt und aufregend zugleich gewesen. Ich griff nach meinem Trockenrasierer und befreite den Spiegel mit einer Hand vom Dunst, der sich darauf niedergelassen hatte. Während ich mir den Bart wieder auf knappe fünf Millimeter stutzte, tauchte Thalranars Gestalt im Spiegel auf. Ich unterbrach die Rasur und sah ihn mit zusammengezogenen Augenbrauen an.

»Was verschafft mir die Ehre?«, fragte ich und sah

ihm in die schräg stehenden leuchtenden Augen.

»Du überraschst mich, Bursche. Ich hätte nicht gedacht, dass du dich mit einem anderen Mann vergnügst.« Seine Stimme klang, als käme sie aus einem Lautsprecher. Auf seinen Zügen erschien ein amüsiertes Grinsen.

»Na ja, ich weiß ja nicht, wann du das letzte Mal in der Welt der Menschen warst, aber die Zeiten haben sich geändert. Heutzutage ist gleichgeschlechtliche Liebe kein Tabu mehr.« Ich stützte mich auf dem Waschbecken ab. »Was willst du?«

»Wie planst du vorzugehen? Deine Schwester ist verschwunden und du weißt nur, dass sie vom Dämonenprinzen und einem Gehilfen entführt wurde.«

Ich presste die Kiefer aufeinander und verschränkte die Arme vor der Brust. Wollte er mir etwa seine Hilfe anbieten? Was hatte er davon? Den Kopf zur Seite geneigt, ließ ich mir Zeit mit der Antwort. Schließlich sagte ich: »Du wirst mir dabei helfen, meine Schwester wiederzufinden.«

»Glaubst du im Ernst, das passiert ohne Gegenleistung?«, erwiderte Thalranar gelassen. Na wunderbar, ich hatte es geahnt.

»Was willst du von mir?«

Er grinste. Es erinnerte mich daran, warum ich seine Artgenossen verabscheute.

»Du erinnerst dich sicher noch an das Horn.«
Ich nickte widerwillig.

»Es war ein Stück meines Horns. Bevor Saetanar meine Existenz beendete, konnte ich meine Macht und mein Selbst in dieses Stückchen retten.«

»Und als es mich verletzte, hast du dich in mir eingenistet. Ich verstehe nur nicht ganz wie. Deine Seele steckte in dem Horn, wie also konntest du dich einschleichen?«, entgegnete ich.

Thalranar nickte. »Es genügte die Berührung. Ein Teil meiner Essenz blieb an dir haften und durch die Wunde konnte ich in dich eindringen. Der aufgelöste Pentarmon war die Brücke, die diesen Prozess der Seelenverbindung beschleunigt hat. Als Opfer sozusagen.«

»Verstehe. Was verlangst du als Gegenleistung von mir?«, wiederholte ich meine Frage und wusch mir das Gesicht. Als ich wieder in den Spiegel sah, hatte sich Thals Haltung geringfügig verändert. Er hatte sich aufgerichtet und reckte das Kinn vor.

»Ich will, dass du mir hilfst den Dämonenprinzen zu töten.« Er musterte mich durchdringend, während ich mir die Zahnbürste in den Mund schob. »Damit räumst du mir einen lästigen Gegner aus dem Weg und ich könnte als Botschafter der Dämonen ein gutes Wort einlegen. Außerdem wollen wir beide das Gleiche.« Er hob die Schultern und Hände ein Stück.

»So, wollen wir das? Und was wäre das?«, fragte ich und putzte weiter meine Zähne.

»Bist du wirklich so beschränkt?«, entgegnete er und auf seiner Miene war deutlich zu erkennen, was er von mir hielt. Seelenruhig spuckte ich die Zahnpasta ins Waschbecken und spülte mir den Mund aus.

»In erster Linie will ich, dass du aus meinem Körper verschwindest.« Ich zog mich an und hängte das Handtuch auf den Halter an der Tür. »Und zweitens …«, ich hob Zeige- und Mittelfinger, »… will ich den Dämonenfürsten Lucian aufhalten.«

Auf Thalranars Zügen erschien ein Grinsen. »Siehst du. Wenn wir zuerst Saetanar aus dem Weg räumen, dann kann ich dir helfen, den Herrscher der Dämonen aufzuhalten. Und danach gehen wir wieder getrennte Wege.«

»Was bringt es dir, wenn der Dämonenprinz tot ist? Soweit ich weiß, können Dämonen nicht in den Rängen aufsteigen.« Ich musterte Thal, der sich über seinen schwarzen Gehrock strich.

»Das braucht dich nicht zu interessieren.« Seine Katzenaugen wichen meinem Blick aus. »Gehst du nun das Bündnis mit mir ein oder willst du scheitern?«

Verdammter Mist! Wollte dieser Dämon tatsächlich, dass ich mit ihm zusammenarbeitete? So weit würde es noch kommen! Mit diesem Abschaum würde ich sicher keinen Pakt eingehen. Bei diesen Bestien gab es immer einen Haken. Lange starrte ich ins Waschbecken und ging meine Möglichkeiten durch. Doch letztendlich kam ich immer wieder zum selben Schluss. Es war nicht schwer für mich, nach Spuren zu suchen und diesen nachzugehen. Aber was, wenn ich Sam fand, wie sollte ich Saetanar aufhalten? Er war ein mächtiger Dämon in menschlicher Gestalt. Niemand wusste wirklich, wie er aussah, da er sein Aussehen nach Belieben ändern konnte. Doch Thalranar war es möglich, den Prinzen zu identifizieren. Meine Mundwinkel zuckten.

»Mir bleibt wohl keine Wahl.« Ich sah auf und lehnte mich vor zum Spiegel. »Sollte ich aber nur einen Moment das Gefühl haben, dass du mich hintergehst, dann ist das Bündnis hinfällig.«

»Einverstanden.« Er hob eine Hand, zog den Handschuh aus und griff in eine Tasche seines Gehrocks. Hervor zog er ein Messer, mit dem er sich in die Handfläche schnitt. Gleichzeitig schoss der Schmerz durch meine Hand. Ich blickte darauf hinunter und entdeckte den Schnitt quer über die Handfläche.

»Mit Blut ist der Bund besiegelt«, intonierte Thalranar und hob seine Hand, aus der schwarzes Blut hervorquoll. Zögernd hob ich meine ebenfalls und wiederholte seine Worte. Damit war es bekräftigt. Sollte eine der Parteien diesen Blutschwur brechen, würde er mit seinem Leben zahlen. Doch ich traute Thal noch immer nicht so ganz über den Weg. Was brachte ihm dieses Bündnis, außer dass ich mir für ihn die Hände schmutzig machte? Hoffentlich hatte ich damit nicht gerade den Fehler meines Lebens begangen und würde am Ende die Arschkarte ziehen.

Wenn doch nur Granny noch da wäre. Sie hätte bestimmt Rat gewusst. In solchen Augenblicken vermisste ich sie schmerzlich. Immer wieder fragte ich mich, wie es zu ihrem Tod gekommen war, und stets kam ich zu demselben Schluss. Es war meine Schuld, dass sie nicht mehr lebte. Wäre ich vor sechs Jahren nicht wie ein Anfänger in das Gebäude gerannt, dann wäre all das nicht geschehen. Die Schuldgefühle fraßen sich in meine Brust wie ein Parasit.

Eine Stunde später verließ ich nach einem ausgiebigen Frühstück meine Wohnung und machte mich auf zur Bibliothek in der alten Uni, wo ich mich mit Alexandra treffen wollte.

Kaum war ich auf der Straße, zündete ich mir eine Zigarette an. Fußläufig war die Uni in fünf Minuten zu erreichen. Mein Weg führte mich über die Weidenhäuser Brücke. Mitten darauf blieb ich stehen und sah auf die Lahn unter mir, die ruhig dahinfloss. Einige der Drachenboote lagen fest vertäut an den Stegen des Bootsverleihs. Manche Teams trainierten für das Rennen, das in einer Woche stattfinden sollte. Freitagabend begann das weithin bekannte Stadtfest Drei-Tage-Marburg.

Mit einem leisen Seufzen wandte ich mich vom Fluss ab und setzte meinen Weg fort. Von der Brücke war das Gebäude der alten Universität aus dem sechzehnten Jahrhundert zu sehen. Es ragte über der Straße auf wie ein gutmütiger Herrscher und wohlwollender Betrachter. An diesem Sonntagvormittag war nicht viel los und die Sonne zeigte ihre ganze Kraft. In einer Woche zum Stadtfest würde es gewiss wieder regnen. Da war ich mir sicher.

Als ich wenig später den Eingang der Uni erreichte, wartete Alex bereits davor. Sie begrüßte mich mit einer Umarmung und musterte mich von oben bis unten, nachdem sie sich wieder gelöst hatte.

»Du siehst aus, als hättest du Sex gehabt«, sagte sie und hob eine Augenbraue. Mit der linken Hand strich sie sich ihre offenen braunen Haare zurück. Wie üblich trug sie ihre Lederjacke und darunter ein weißes Top.

»Ein Gentleman schweigt und genießt«, entgegnete ich. Meine Mundwinkel zuckten leicht.

»So so.« Sie hakte zu meiner großen Erleichterung nicht weiter nach. Wie hätte ich ihr erklären sollen, was gestern Nacht zwischen Dino und mir gelaufen war.

»Lass uns reingehen. Je schneller wir etwas Brauchbares finden, umso eher können wir Sam aus den Klauen der Dämonen befreien.« Ohne auf sie zu warten, marschierte ich zielstrebig zum Eingang der Bibliothek.

Nachdem ich mit ihr sämtliche Bücher über Dämonologie und Schriften der Dämonenjäger zum Aufspüren vermisster Personen zusammengesammelt hatte, setzten wir uns in dem historischen Säulengang oberhalb der alten Aula an einen der Tische. Der gotisch angehauchte Saal aus der frühen Zeit der Philipps-Universität war durch Säulen in zwei Hälften geteilt, was die geschichtsträchtige Atmosphäre verstärkte. Von der Decke hingen Lüster in der Mitte der Spitzbögen, die sich dort kreuzten. Der Marmorboden dämpfte die Schritte der Leute kaum. Im Sommer war dieser Raum angenehm kühl, im Winter allerdings eisigkalt. Hin und wieder schlenderte eine kleine Gruppe Studierende an uns vorbei, schenkte uns aber weiter keine Aufmerksamkeit. Alex machte sich fleißig Notizen, während sie sich durch die dicksten Wälzer arbeitete. Schon in der Akademie war sie strebsamer und ehrgeiziger gewesen als ich.

Irgendwann reckte ich mich stöhnend und legte die Stirn auf den Tisch. Mir brummte der Schädel und am liebsten hätte ich auf die herkömmliche Art nach Sam gesucht. Hier herumzusitzen und mich durch unzählige Schriften zu arbeiten, die mich im Endeffekt nicht weiterbrachten, zerrte an meinen Nerven.

War es nicht deine Idee gewesen, in den Büchern nach Hilfsmitteln und Möglichkeiten zu suchen, deine Schwester aufzuspüren?, warf Thal trocken ein.

»Ach halt die Klappe«, brummte ich.

»Wie bitte?« Alexandras Stimme klang irritiert.

Ich hob den Kopf und lächelte schief. »Ich habe nur den Dämon zurechtgewiesen.«

»Kannst du dich nicht gedanklich mit ihm unterhalten?« Sie legte den Stift zur Seite und faltete die Hände, auf die sie ihr Kinn ablegte.

»Das kommt mir komisch vor.«

»Hast du es denn mal probiert?«

Ich verdrehte die Augen und legte die Stirn wieder auf den Tisch.

»Warum überlässt du es nicht dem Zirkel der Magier, nach Sam zu suchen. Sie können mehr ausrichten als wir. Gerade weil dein Vater ihnen als Dämonenjäger und Ratgeber zur Verfügung steht.«

Ich lachte auf und schüttelte den Kopf. »Bis der Zirkel in die Pötte kommt, dauert es ewig. Und du weißt genau, dass wir Dämonenjäger für Magier nichts anderes sind als bessere Fußabtreter. Das haben sie uns in den letzten Jahren mehr als einmal deutlich gemacht.«

»Das mag ja sein, Vic. Aber bitte, wenn wir uns da weiter einmischen, dann geht das nicht gut für die Gilde aus. Denk doch mal daran, was wir bisher in Zusammenarbeit mit den Magiern erreicht haben.« Sie lehnte sich zu mir herüber und sah mir dabei fest in die Augen. »Ist das denn nichts?«

»Wenn man es genauer betrachtet, ist es sogar fast gar nichts. Wir könnten auf gleicher Stufe mit dem Zirkel stehen, aber sie halten uns klein.« Ich blätterte eine Seite in dem Folianten um, in dem ich zuvor gelesen hatte. »Und ja, mir ist klar, dass die Gilde der Dämonenjäger offiziell seit dem Vertrag von Verdun 843 nicht mehr existiert. Aber im Untergrund sind wir doch vorhanden.«

»Und was stört dich dann an der ganzen Sache?«, fragte Alex sich und fuhr sich mit einer Hand übers Gesicht.

»Seit Jahren werden wir unter Wert von ihnen bezahlt. Das stört mich. Wir leisten unseren Teil dazu bei, dass die Dämonen nicht schon längst wieder versucht haben, ihr Reich in unserer Welt zu errichten. Das war vor über tausend Jahre und nichts hat sich verändert. Mich ärgert es, dass an alten Verträgen festgehalten wird, die längst überholt sind.« Schnaubend schlug ich das Buch zu. »Das Einzige, was sich geändert hat, ist der Auftritt in der Öffentlichkeit. Der Zirkel gilt als wissenschaftlicher Orden, wie die Freimaurer, der ›besondere‹ Vorfälle untersucht.« Mit den Fingern deutete ich Anführungszeichen an.

Alex verbarg ihren Mund hinter den aufeinanderliegenden Händen, während sie die Ellenbogen auf den Tisch gestützt hatte. Sie schloss die Augen und seufzte. »Ich weiß, dass das Verhältnis zu deinem Vater nicht gerade das Beste ist, aber sprich mit ihm darüber. Vielleicht kann er als Vertreter der Gilde etwas bewegen.«

Die Kiefer fest zusammengepresst, stand ich auf und blieb ihr eine Antwort schuldig. Niemals würde ich mit ihm darüber sprechen. Es reichte, dass ich mir die Schuld gab, da brauchte ich nicht seine unterschwelligen Schuldzuweisungen. Außerdem deutete er ständig an, dass ich der Grund war, dass Ma ihn vor vier Jahren verlassen hatte. Meine Schritte hallten vom Marmorboden wider. Als ich draußen stand, zündete ich die Zigarette an und nahm einen kräftigen Zug.

Wie kam sie überhaupt darauf? Ich wollte mit Viland Johann Linne nichts zu tun haben und war auch nicht bereit, mich mit ihm zu versöhnen, solang er sich nicht eingestand, dass er einen Fehler gemacht hatte. Ich verstand wirklich nicht, warum Alex so darauf beharrte, dass der Zirkel nicht an allem schuld war. Vielleicht hatte sie auf gewisse Weise recht, aber dennoch – es blieb ein schaler Beigeschmack.

VIII

Heute war der Beginn von Drei-Tage-Marburg, das bekannteste Stadtfest der Region. Tausende von Menschen strömten in die Stadt, um an den Festlichkeiten teilzunehmen. Entsprechend voll waren die Straßen und viele Leute drängten sich auf den Lahnwiesen zwischen Buden und Bierpilzen.

Seit einer knappen Woche versuchten mein Trupp und ich herauszufinden, wo die Dämonen Sam versteckt hielten. Unsere Nachforschungen waren allesamt ins Leere gelaufen. Immer mehr Zweifel setzten sich in mir fest, ob ich es rechtzeitig schaffen würde, Sam zu befreien. Insgeheim hoffte ich, dass es noch nicht zu spät war. Wut und Verzweiflung vermengten sich zu einer gefährlichen Mischung. Zugleich wurde ich das Gefühl nicht los, dass der Dämon in meiner Seele an Macht gewann. Auch heute hatten wir uns zu dritt in die theologische Bibliothek zurückgezogen, um endlich einen Hinweis zu finden.

»Verdammt nochmal!« Ich erntete einen missmutigen Blick von den Studierenden am Nachbartisch.

»Wieder nichts?«, fragte Dino und schob sich die Brille auf die Nase zurück. Ein Schnauben war die Antwort.

»Wie wäre es, wenn wir es für heute gut sein lassen, und uns etwas Spaß gönnen. Drei-Tage-Marburg beginnt und das will ich mir nicht entgehen lassen.« Dino räumte die Bücher zusammen, in denen er zuvor gelesen hatte.

»Keine schlechte Idee.« Alex hob die Arme und streckte sich ausgiebig. »Ich könnte etwas Abwechslung gebrauchen.«

»Meinetwegen«, sagte ich matt und erhob mich. Wir räumten die Bücher an ihre Plätze zurück, bevor wir unsere Taschen aus den Schließfächern holten.

Draußen hob ich den Kopf und blickte in den wolkenverhangenen Himmel. Ein Tropfen traf meine Wange und rann langsam daran herunter. Wie immer startete das Stadtfest mit Regen.

Was hast du jetzt vor?, fragte Thalranar. Dino und Alex liefen vor mir entlang. Ich zog mir die Kapuze meiner Weste über und trottete gemächlich hinter ihnen her.

»Etwas Ablenkung suchen und die Zeit mit meinen beiden besten Freunden genießen«, murmelte ich.

Du meinst wohl mit deinem Bettgespielen und deiner besten Freundin. Es wundert mich, dass du nicht längst auch mit Alex ins Bett gestiegen bist.

War das sein verfluchter Ernst? Statt ihm zu antworten, ignorierte ich ihn und ließ mich von der Menge zum Marktplatz tragen. Das Stimmengewirr erfüllte die Gasse, vorbei an der Brasserie und hinauf
zur Kreuzung. Wir bogen auf Höhe des Mobilfun-
kladens nach links in die Marktgasse ein. Die Kippe
im Mundwinkel schlängelte ich mich zwischen den
Leuten hindurch. Es roch nach Bratwurst und anderen Köstlichkeiten, offiziell hatte das Stadtfest noch
nicht begonnen, aber die Essensbuden hatten bereits
ihre Spezialitäten auf dem Rost. Mir lief das Wasser
im Munde zusammen. Dino und Alex hielten auf einen Stand zu, der Knobibrot verkaufte. Ich gesellte
mich zu ihnen und bestellte mir ebenfalls eines der
köstlichen Brote. Mit dem Essen suchten wir uns einen Platz am Brunnen, sodass wir einen guten Überblick über den Marktplatz hatten, der zum Rathaus
hin abfiel. Auf der Bühne spielte eine Big Band, vermutlich eine der in Marburg ansässigen Schulen.

»Kiron«

Ich blickte mich um, als ich meinen Zweitnamen
hörte. Sofort erkannte ich Luzifer, der sich auf uns
zubewegte. In seiner Begleitung befand sich die rothaarige Magierin Raven.

»Hey Luz!«, begrüßte ich ihn zwischen zwei Bissen.
»Raven.« Ich nickte ihr zu.

»Ihr kennt euch bereits?«

»Ja, Sam hat uns einander vorgestellt«, kam mir Raven zuvor und sah zu Luzifer auf.

»Ah verstehe.« Er lächelte sie an. »Wie wäre es, wenn du uns was zu trinken an einem der Bierpilze besorgst, liebe Nichte.«

Bei seinen Worten verschluckte ich mich fast an dem Bissen Knobibrot. Mit aufgerissenen Augen starrte ich den Gefallenen an.

»Nichte?«, platzte es schließlich aus mir heraus. Seine sich ständig wandelnden Augen fingen meinen Blick ein.

»Ja. Sie ist die Tochter meines Bruders.«

»Was?!«, kam es unisono aus Alexandras, Dinos und meinem Mund.

Oh, interessante Wendung. Thalranar klang wenig überrascht. Hatte er davon gewusst?

Es gab Gerüchte, dass der Dämonenkönig eine menschliche Tochter hat. Damit wären sie wohl bestätigt.

»Ist das dein Ernst, Alter?«, fragte Dino entgeistert und sah über die Köpfe der Umstehenden hinweg zum Bierstand. Ich folgte seinem Blick und sah Raven mit dem Smartphone am Ohr. Als habe sie gespürt, dass ich sie beobachtete, wandte sie den Kopf in meine Richtung. Unsere Augen begegneten sich. Sie nickte und ich konnte es nicht richtig deuten, ob dieses mir galt oder ihrem Gesprächspartner. Jetzt war mir auch klar, warum wir alle solch ein mulmiges Gefühl in ihrer Anwesenheit hatten. Sie war Halbdämonin. Wie sollte ich ihr da vertrauen? Hatte Sam das gewusst? Langsam keimte ein Verdacht in mir. Was wenn Raven ihre Finger im Spiel hatte und dafür gesorgt hatte, dass Saetanar Sam entführte? Das würde einiges erklären. Vor allem, weil sie die Schwester des Dämonenprinzen war.

»Entschuldigt bitte«, sagte Raven und riss mich damit aus meinen Gedanken. »Vic, dein Vater würde gern mit dir sprechen.«

Ich kniff die Augen zusammen und verschränkte die Arme. »Hat er gesagt, worüber er mit mir reden will?«

»Er meinte, dass es Zeit sei, die Vergangenheit ruhen zu lassen.«

Ich schnaubte und lachte trocken.

»Du solltest dir wenigstens anhören, was er zu sagen hat«, sagte Alex. Ich ließ den Blick von einem zum anderen schweifen und blieb schließlich an Ravens silbergrauen Augen hängen. Sie sah mich mit erhobenen Augenbrauen an. Ihre Präsenz war genauso greifbar wie am Freitagabend vor einer Woche, als Sam sie mir vorstellte. Hing das mit ihrem dämonischen Blut zusammen? Möglich. Wenn ich mich heute erneut gegen die Aussprache entschied, dann würde sich vielleicht nie etwas zwischen Viland und mir ändern. Dann würde das Zerwürfnis zwischen uns immer weiter auseinanderklaffen.

»Okay.« Ich reichte Dino mein angebissenes Knobibrot.

»Ich bringe dich zu ihm«, bot sie mir an und wandte sich der Gasse zu, die hinauf zur Schlosstreppe führte. Hin und her gerissen zwischen Wut, Verwirrung und Besorgnis fühlte ich mich machtlos und überwältigt. Ich wollte einerseits, dass wir uns aussprachen – Sam zuliebe – und andererseits hatte ich keine Lust, mir erneut seine Vorwürfe anzuhören.

Als wir zehn Minuten später das Schloss erreichten, brachte sie mich zu einem Zimmer in der Nähe der Schlosskapelle, das inzwischen als Büro des Vertreters der Dämonenjägergilde genutzt wurde. Raven öffnete die Tür zum dahinterliegenden Raum und bat mich, einzutreten. Ich hob die Augenbrauen, da sich niemand im Zimmer aufhielt. Eigentlich hatte ich erwartet, dass mein Vater bereits anwesend war. Er hatte mich schließlich hergebeten.

»Setz dich, ich gehe Viland holen«, sagte sie und schloss hinter sich die Tür. Ihre kraftvolle und überirdische Präsenz verschwand und ich atmete tief durch. Während ich wartete, schaute ich mich etwas um. Mit einer frischen Zigarette zwischen den Lippen ging ich um den Schreibtisch mitten im Raum herum und warf einen Blick auf die Papiere, die darauf verteilt waren. Durch das Fenster hinter mir fiel das Licht in unterschiedlichen Facetten herein.

»Interessant.« Ich nahm eines der Blätter zur Hand und las den Ausdruck einer Beschwörung zum Herbeirufen eines Dämons. Ich überflog die Zeilen und kämpfte um meine Selbstbeherrschung. Was zum Henker plante Viland?

Findest du nicht, dass hier irgendwas gewaltig zum Himmel stinkt? Thalranar klang beunruhigt, als er sich zu Wort meldete. Ich legte die Beschwörungsformel zurück und stützte mich mit den Händen auf der Tischplatte ab, während ich systematisch die anderen Papiere überflog. Hier war alles an Informationen zusammengetragen, die ein geübter Magier oder ausgebildeter Dämonenjäger benötigte, um ein Portal ins Jenseits zu öffnen.

Oder in die Hölle, ergänzte Thal.

»Das war von Anfang an ein abgekartetes Spiel.« Ich durchsuchte weiterhin die Papiere, die auf dem Tisch lagen. Von draußen drangen gedämpfte Stimmen herein. Geschmeidig lief ich um den Schreibtisch herum und ließ mich in einen der beiden Sessel davor nieder. Die Tür öffnete sich und mein Vater blieb im Rahmen stehen, um sich der Magierin zuzudrehen.

»Danke Raven, geh wieder zum Fest und hab ein wenig Spaß. Ich komme hier allein zurecht.«

Aus dem Augenwinkel warf ich den beiden einen Blick zu, bevor sich die Tür schloss. Seelenruhig beobachtete ich meinen Vater, wie er sich dem Schreibtisch näherte. Doch statt sich dahinter zu setzen, zog er mir die Kippe aus dem Mund und drückte sie in einem leeren Gefäß aus.

»Ich hasse es, wenn du in Räumen rauchst.«

»Hat dich früher nicht gestört«, entgegnete ich trocken und erwiderte seinen Blick.

»Raven hat dir sicher erklärt, warum ich dich hierher beordert habe.« Er setzte sich in seinen Stuhl und verschränkte die Arme vor der Brust.

»Ja, irgendwas von wegen, dass du die Vergangenheit endlich ruhen lassen möchtest und dich mit mir aussprechen willst.« Ich legte einen Fuß aufs Bein und meinen Kopf auf den aufgerichteten Arm.

Er fuhr sich mit der Hand übers Gesicht und verharrte am bärtigen Kinn. In seinem Bart zeigten sich inzwischen einige graue Stellen.

»Ich bin es leid, Victor.«

»Was bist du leid, Vater? Mir ständig Vorwürfe, wegen Grannys Tod zu machen, oder die Tatsache, dass ich angeblich auch daran schuld bin, dass Ma dich verlassen hat?«, entgegnete ich und richtete mich im Sessel auf. Mir entging nicht, dass sich seine Kiefermuskeln anspannten.

»Soll ich dir was sagen? Ma hat nicht uns verlassen, sie hat dich verlassen. Sam und ich haben immer noch sehr engen Kontakt mit ihr.« Ich lehnte mich wieder zurück und beobachtete ihn. Statt mir zu antworten, donnerte er die Faust auf den Schreibtisch.

»Ich bin es wirklich leid, mir deine Respektlosigkeit gefallen zu lassen.« Er sprang auf, was ich ebenfalls tat. Wir standen uns gegenüber. Der Größenunterschied war kaum der Rede wert und doch fühlte ich mich wie ein Teenager, der von seinem strengen Vater gemaßregelt wurde.

»Ich bin schon lange kein kleiner Junge mehr. Wenn du mich endlich wie einen Mann gleichen Ranges behandeln würdest, dann hättest du auch meinen verdammten Respekt.« Meine Stimme wurde mit jedem Wort lauter. »Ich bin kein Teenager mehr, Paps!«

Ungerührt erwiderte ich seinen Blick. In seinen gr? blauen Augen lagen Schatten. Kurz überlegte ich, ihn auf die Notizen auf seinem Schreibtisch anzusprechen, beherrschte mich jedoch und hielt auf die Tür zu.

Als ich sie aufriss, um zu gehen, versperrten mir zwei Magier mittleren Alters den Weg.

»Wenn ich bitte vorbei dürfte.« Sie reagierten nicht auf meine Aussage, schauten stattdessen zu meinem Vater. Ich folgte ihren Blicken. Viland wirkte traurig und niedergeschlagen.

»Victor Kiron Linne, hiermit nehmen wir dich fest, weil du dich unbefugt in eine laufende Untersuchung des Zirkels eingemischt hast. Dir wird vorgeworfen, die Arbeit der zuständigen Magier behindert und sabotiert zu haben.«

Mir klappte der Mund auf, als ich die Worte hörte. Das war nicht sein verdammter Ernst!

»Wie bitte?! Du hast keine Beweise für deine Vorwürfe«, rief ich und machte einen Schritt auf ihn zu. Die Magier zerrten mich zurück.

»Wir haben einen Informanten in deiner Nähe, der uns die Beweise zugesteckt hat.«

Mein Magen rebellierte und mein Herz setzte einen Schlag aus. Mir wurden die Hände auf den Rücken gedreht, die Umhängetasche abgenommen und Handfesseln angelegt. Mir fehlten die Worte. Mein Puls raste und ich konnte kaum einen klaren Gedanken fassen. Wie sollte ich bitte eine laufende Untersuchung sabotiert haben? Wer sollte dieser Informant sein? Dino? Niemals! Er gehörte zu meinen engsten Freunden und würde für mich durch die Hölle gehen. Alexandra hatte sich in letzter Zeit sehr seltsam verhalten. Aber manchmal war sie so drauf. Ständig hatte sie versucht, mir die Nachforschungen auszureden. War sie tatsächlich der Informant meines Vaters? Unmöglich! Das würde sie mir niemals antun. Aber wer dann? Mein Kopf schwirrte. Hatte ich etwas übersehen?

Die beiden Männer packten meine Arme und zogen mich aus dem Raum. Widerstandslos ließ ich mich wegbringen. Ich fühlte mich wie gelähmt. Sie eskortierten mich den Gang im Südflügel entlang, der in Richtung des Westflügels führte. Auf der Treppe, die hinunter zum Schlosshof ging, begegneten wir Alexandra, was mich aus meiner Schockstarre riss. Abrupt blieb ich stehen.

»Alex, was machst du hier? Ist alles in Ordnung bei dir?«

Sie wich meinem Blick aus. Nein! Das konnte nicht wahr sein!

»Bitte sag mir nicht, dass du der Informant bist.«

»Es tut mir leid, Vic. Aber ich hatte keine Wahl.«

Es riss mir sprichwörtlich den Boden unter den Füßen weg. Meine Beine drohten nachzugeben.

»Du bist meine beste Freundin! Wie konntest …«

»Weil ich nicht länger mit ansehen konnte, wie du dich in dein Verderben stürzt«, schrie sie mich an. Ich zuckte zurück und presste die Kiefer aufeinander. Scharf sog ich die Luft ein und schloss die Augen mit zusammengepressten Lippen. Meine Hände ballten sich zu Fäusten.

Ohne ein weiteres Wort an sie zu richten, ließ ich mich von den Männern die Treppe hinunterbringen. Sie führten mich durch den Schlosshof und durch das Tor rüber zum Wilhelmsbau. Normalweise befand sich im Erdgeschoss des Gebäudes stets irgendeine Dauerausstellung, doch momentan waren die Räumlichkeiten wegen Restaurierungsarbeiten geschlossen.

Die Magier manövrierten mich am Besucherbereich vorbei und eine enge Wendeltreppe hinauf ins Dachgeschoss. Es wurde düster und modrig feucht. Die Hitze der letzten Tage hatte den Dachboden erhitzt. Hier hatten die Erbauer mit der Isolation definitiv gespart und auch spätere Generationen hatten bei Restaurierungen nicht daran gedacht.

Ich wurde in einen kleinen Raum gestoßen und musste mich ducken, damit ich mir den Kopf nicht an einem der Dachbalken stieß. Einer der beiden Männer nahm mir die Handfesseln ab. Als er hinausgegangen war, schloss er die Tür und ein vernehmbares Klicken war zu hören. Die Holzdielen knarrten unter meinen Füßen, während ich hinüber zu einem der drei Gaubenfester ging. Meine Zelle lag mit Blickrichtung nach Osten. Von hier konnte ich den Kaiser-Wilhem-Turm, den meisten als Spiegellustturm bekannt, erkennen. Das leuchtende Herz daran war deutlich auszumachen. Mit der Stirn gegen die kühle Scheibe gelehnt, starrte ich in den endenden Tag hinaus.

Ich saß fest, Sam war bestimmt längst tot und mich würde der Zirkel der Magier klammheimlich aus dem Weg räumen. Ich glitt an der Wand neben dem Fenster hinunter und fischte nach meiner Schachtel Zigaretten. Ich zog den letzten Glimmstängel heraus und zündete ihn an. Den Kopf gegen den kühlen Stein lehnend, stellte ich ein Bein auf und legte den Arm darauf. Diesmal steckte ich verdammt tief in der Scheiße. Und das nicht einmal selbst verschuldet. Mir war zum Schreien. Wie hatte Alex mir das nur antun können? Ihr Verrat hinterließ eine Leere, die nicht zu füllen war. Insgeheim hoffte ich, dass Dino nicht auch in die Falle dieser miesen Schlange geraten war.

Längst hatte ich das Zeitgefühl verloren. Die Dämmerung war gekommen und hatte die Nacht mit sich gebracht. Mein Handy hatten die Magier vergessen, was nur im ersten Moment praktisch gewesen war, bis ich feststellte, dass der Akku leer war.

Das Klicken des Schlosses riss mich aus einem Zustand zwischen Wachsein und Schlafen. Als das Licht aus dem Gang in die düstere Zelle fiel, blinzelte ich und erkannte nicht gleich, wer sich zu mir gesellte.

»Ich melde mich, wenn ich fertig bin«, sagte Viland.

»In Ordnung, Herr Linne.« Damit verschloss der Magier die Tür wieder. Ich blieb sitzen und starrte auf die Dielen zu meinen Füßen. Meine Chucks waren staubig, ebenso wie meine zerfranste schwarze Jeans. Sei's drum! Die Klamotten konnten gewaschen werden.

»Du hättest dich nicht in Dinge einmischen dürfen, die dich nichts angehen, Victor.«

Mein Brustkorb hob sich rhythmisch, während ich stumm lachte. Ich schloss die Augen und presste die Lippen mit einem Kopfschütteln aufeinander. Was erwartete er von mir? Dass ich ihm eine ordentliche Antwort gab. Darauf konnte er lange warten.

»Warum musstest du ausgerechnet Alex in deine intriganten Spielchen mitreinziehen?«, fragte ich nach einiger Zeit.

»Weil sie die Vernünftige in deiner Truppe ist. Sie bleibt objektiv und ruhig, wenn es darauf ankommt.

Im Gegensatz zu dir. Du musst immer direkt mit dem Kopf durch die Wand. Dein Sturkopf hat dich schon so oft in Schwierigkeiten gebracht und jedes Mal habe ich für deine Fehler geradegestanden.« Seine Erklärung machte es nicht besser. Als ich den Blick auf ihn richtete, stand er wenige Schritte von mir entfernt.

»Langsam kann ich verstehen, warum Ma dich verlassen hat.«

»Das hat damit überhaupt nichts zu tun.«

»Ach ja. Wenn du nicht so beharrlich darauf bestanden hättest, mir die Schuld an Grannys Tod in die Schuhe zu schieben, wäre Ma immer noch bei uns.« Ich raffte mich auf und stellte mich vor ihn.

»Dank mir bist du überhaupt noch Dämonenjäger. Alle anderen in der Gilde hatten deine Verbannung gefordert, weil du dich aufgrund deines Egos in eine Falle hast ziehen lassen. Und deshalb gebe ich dir die Schuld daran, dass meine Mutter, dass Valyra tot ist. Sie hat ihr Leben für ihren einzigen Enkelsohn gegeben.« Ich nahm die Verbitterung in seiner Stimme wahr und wich einen Schritt zurück.

»Und dein überstürztes Handeln hat nur dazu geführt, dass Sam immer noch verschwunden ist.«

»Sie ist meine Schwester und ich lasse sie gewiss nicht einfach so im Stich, Vater.« Ich spuckte das letzte Wort aus.

»Überlasse es dem Zirkel und mir, nach ihr zu suchen. Wir können mehr ausrichten als du allein. Hättest du auch nur einmal darüber nachgedacht, dann hättest du es verstanden«, entgegnete er mit trügerischer Ruhe.

»Ich habe gesehen, was passiert ist. Du hast tatenlos danebengestanden, als der Dämonenprinz Sam mitgenommen hat.« Mit verschränkten Armen lehnte ich an der Wand neben dem Fenster. Zu gern hätte ich in sein Gesicht geblickt. Doch das einzige Licht war die Beleuchtung der Stadt und dieses erhellte die Zelle nur spärlich. Er hatte schon immer versucht, alles unter Kontrolle zu behalten.

»Deine Großmutter hat sich für dich geopfert. Und du beschmutzt ihr Andenken mit deinen unberechenbaren Handlungen, die nicht nur die Gilde immer weiter in Bedrängnis bringen.« Er ging zur Tür und klopfte dagegen. Kaum einen Augenblick später öffnete sich diese. Im Rahmen blieb er stehen und wandte sich nochmals zu mir um.

»Morgen wirst du vor den Rat gebracht, der über dich und deine Vergehen urteilen wird.« Mit diesen Worten ließ er mich wieder allein. Als es erneut dunkel wurde, gaben meine Beine nach. Das Gesicht in den Händen verborgen, hockte ich mitten in dem leeren und staubigen Raum.

Was sollte ich jetzt nur machen? Ich saß hier fest und konnte nichts unternehmen. Morgen würde mir der Prozess gemacht und je nachdem, wie schwer die Vorwürfe gewertet würden, musste ich damit rechnen, dass der Rat mich zum Tode verurteilte, um ein Exempel zu statuieren. Ohne Hilfe oder ein Wunder würde ich nicht lebend aus dieser beschissenen Lage kommen. Wie war ich da hineingeraten? Darum kämpfend nicht in Tränen auszubrechen, schlug ich mit der geballten Faust auf die Holzdielen, die ein protestierendes Knarren von sich gaben. In einem stummen Schrei hatte ich den Mund geöffnet. Rücklings legte ich mich auf den Boden und starrte an die Decke, die von der Nacht verschluckt wurde. Nicht mal Thal meldete sich zu Wort oder hatte einen trockenen Kommentar parat. War er überhaupt noch da, oder hatte er sich stillschweigend aus meiner Seele geschlichen? Das wäre wirklich wunderbar.

Meine Glieder wurden schwerer und ich gähnte mehrmals ausgiebig. Ich legte mir den rechten Arm über die Augen und driftete langsam in einen traumlosen Schlaf.

X

iron! Wach auf!« Die kehlige Stimme des Dämons riss mich aus dem Schlaf. Er rüttelte an mir und sprach eindringlich und leise auf mich ein. Schlaftrunken richtete ich mich auf und rieb mir über die Augen. Das trübe Licht des neuen Tages fiel in die Zelle. Wie spät war es? Ich wollte mein Handy aus der Hosentasche ziehen und auf die Uhr schauen, als mir einfiel, dass der Akku leer war.

»Was is?«, fragte ich gereizt, weil er nicht aufhörte, mich zu schütteln, und sah zu Thalranar auf, der neben mir hockte. Ich starrte ihn an, während mein Hirn die Informationen verarbeitete, die meine Augen wahrnahmen.

»Wie zum Henker?«, entfuhr es mir.

»Das hast du deiner Dämonenjäger-Freundin zu verdanken. Mithilfe der Magierin hat sie mich aus deiner Seele in diese Welt gezerrt und dort verankert, während du geschlafen hast.« Er deutete auf ein Armband an meinem Handgelenk. Die geballte Faust in die

Luft haltend, knirschte ich mit den Zähnen. Dieses Miststück! Sie hatte von Anfang an gewusst, wie Thals Seele von meiner gelöst werden konnte. Mehr oder weniger zumindest.

»Also sind wir immer noch seelisch miteinander verbu...?«

»Hmmmmm. Warte.« Er zog eine Klinge aus seinem Gehrock und schnitt sich damit ins Handgelenk. Schmerz blitzte durch meine Nerven und auf meinem Rechten erschien eine Schnittwunde.

»Also gut. Was wollen wir unternehmen, um hier rauszukommen?«, überlegte ich laut und warf einen Blick zur Tür hinüber. Vielleicht konnte er seine Kraft nutzen und die Tür aus den Angeln reißen.

»Ich weiß, was du denkst, aber dadurch, dass die Tür von einem Eisensilberkern durchdrungen ist, kann ich sie nicht einmal berühren.«

Mit steifen Gliedern erhob ich mich vom Steinboden und streckte mich, um die Starrheit aus meinen Armen und Beinen zu vertreiben. Sorgfältig klopfte ich mir den Staub von der Hose und lief hinüber zum Fenster. Ich rüttelte daran und drehte am Griff, doch es ließ sich nicht öffnen.

»Magische Versiegelung« Thal stand neben mir mit verschränkten Armen an der Wand. Ein Brummen kroch meine Kehle herauf. Verfluchter Mist. Das war doch nicht zu glauben. Selbst der Dämon war mir keine Hilfe! Wie konnte das sein?

Das Klicken des Schlosses verkündete einen Besucher. Ein Magier mit blonden Haaren öffnet die Tür und trat zur Seite, um jemandem Platz zu machen, der im Gang gewartet hatte.

»Bei allen Höllenkreisen!«, brach es aus Thalranar heraus. Die Härchen im Nacken und auf meinen Armen stellten sich auf, als der in einen teuren Anzug gekleidete Mann den Raum betrat. Die Stimmung in der kleinen Kammer heizte sich merklich auf und die Spannung war greifbar.

»Es freut mich, zu sehen, dass du bereits wach bist.« Die rauchige Verführungsstimme jagte mir einen Schauder über den Rücken, während sich Saetanar, der Dämonenprinz, sich mit erhobenem Kopf und aufrechtem Gang näherte. Seine Präsenz erfüllte den gesamten Raum und ich konnte nicht anders, als ihm meine volle Aufmerksamkeit zu schenken.

»Der frühe Vogel und so«, entgegnete ich träge. Mit vor der Brust verschränkten Armen versuchte ich mich aus seiner Anziehung zu lösen, was nur wenig half. Wir taxierten uns einige Augenblicke lang herausfordernd. Sein Blick traf mich wie ein Hammerschlag. Ich fühlte mich bis auf die Seele entblößt. Allmählich verstand ich, warum Granny nie die offene Konfrontation mit den obersten Herrschern der Unterwelt gesucht hatte. Selbst Thalranar wirkte neben dem kleineren Dämon in perfekter Menschengestalt wie ein Schuljunge.

»Heute ist dein letzter Tag, Dämonenjäger.« Saetanar grinste selbstzufrieden. »Bevor der Rat der Magier über dein Schicksal entscheidet, werde ich mich noch etwas mit dir vergnügen.« Er winkte zwei Männer herbei, darunter den blonden Magier, der meine Truppe und mich bei der Mission unterstützt hatte. Er starrte auf seine Füße. Widerstandslos ließ ich mir die Handfesseln anlegen.

»Ist das denn unbedingt nötig?«, fragte ich möglichst unschuldig und hob die Arme.

»Dein Vater warnte uns vor dir und wies darauf hin, dass du zu unberechenbaren Handlungen neigst.«

Ich zeigte keine Reaktion. Verfluchter Mistkerl! Er hatte das alles geplant. Ein von langer Hand angelegtes Komplott, um die stärksten Dämonenjäger entweder umzupolen oder aus dem Weg zu räumen, wenn sie sich weigerten mit den Magiern und Dämonen zusammenzuarbeiten.

Saetanar wandte sich an die beiden Männer. Er gab ihnen die Anweisung mich in das Büro des obersten Rates zu bringen. Kurz warf ich Thalranar in der Ecke einen Blick zu, bevor ich aus der Zelle geführt wurde.

»Ich hätte nicht gedacht, dass du dich mit diesem Sterblichen verbündest, Thal!«, hörte ich den Dämonenprinzen sagen. Die nächsten Worte verstand ich nicht, da sie in einer fremden Sprache ausgesprochen wurden. Ächzend ging ich in die Knie und wäre gestürzt, hätten mich die beiden Magier nicht festgehalten. Brennender Schmerz erfüllte mich. Mein Magen rebellierte und einen Augenblick später übergab ich mich. Was hatte Saetanar Thal angetan? Verdammter Mist! War ja klar, dass ich nicht mal in dieser Sache etwas Glück hatte.

Nur wenige Minuten später stand ich, flankiert von den Jan und seinem Kumpel, mitten im Büro des Ratsoberhauptes. An den Wänden reihten sich Bücherregale vollgestopft mit uralten Schinken aus den letzten Jahrhunderten. Es roch muffig, so als würde nur selten gelüftet werden, und nach alten Büchern. Ich drehte den Kopf zur Seite und blickte auf ein Bild, das die Abbildung der Hölle von Botticelli aus Dantes Göttlicher Komödie zeigte. Sehr wahrscheinlich eine Kopie des Originalbildes.

Die Tür zum Büro öffnete sich und der Duft von Wildblumen und Erdbeeren streifte meine Nase. Raven trat an mir vorbei und an den Schreibtisch, wo sie einen Stapel Papiere ablegte. Anschließend setzte sie sich auf den freien Stuhl vor dem Eichenholzschreibtisch. Saetanar lehnte sich mit der Hüfte gegen die Vorderseite. Seine Hände stützten sich auf der Tischplatte ab, während er abwechselnd zwischen Raven und mir hin und her sah. Was hatte er vor? Vor allem, was sollte das ganze Schauspiel?

»Weißt du, wie deine Großmutter ums Leben kam?«, fragte er unvermittelt in die Stille hinein. Ich starrte ihn ausdruckslos an. Natürlich wusste ich, wie sie getötet worden war, hatte ich es doch mit eigenen Augen gesehen.

»Was? Keinen flotten Spruch?« Er trat an mich heran. Seine Präsenz drängte mich dazu, einen Schritt zurückzuweichen, ich erstarrte jedoch mitten in der Bewegung.

»Pass auf, Schwesterherz. Das könnte nützlich und interessant für dich sein.« Mit diesen Worten legte er mir seine Handflächen auf die Schläfen. Ein Gefühl, das mich an Hirnfrost nach zu schnellem Verzehr von Eis erinnerte, stieg mir in den Kopf. Er sah mir tief in die Augen. Wie hypnotisiert versank ich in den goldenen Malstromiriden. Vor meinem inneren Auge öffnete sich eine Tür.

Ein junger Dämonenjäger, frisch von der Akademie, saß auf den Knien. Schwerverletzt, ein Arm hing nutzlos neben seinem Körper. Die ältere aschgraue Dämonenjägerin stand mit erhobenen Schwertern schützend vor ihm. Ihnen gegenüber der Dämonenprinz, der eine Hand hob, woraufhin eine mannshohe Stange neben ihm in der Luft erschien. Einen Augenblick später ragte das spitze Ende einer Eisenstange aus dem Rücken der älteren Dämonenjägerin. Der junge Mann schrie gequält und sprang auf die Beine, bevor er sich auf den Dämonenprinzen stürzte. Ein harter Schlag in den Magen riss ihn von den Füßen. Saetanar näherte sich mit einem gönnerhaften Lächeln auf den vollen Lippen und hob eines der Schwerter der Dämonenjägerin auf und kam damit auf den am

Boden liegenden jungen Erwachsenen zu. Er schloss die Augen und wartete auf sein Ende. Doch mit letzter Kraft griff die aschgraue Kriegerin an und hielt den Dämonenprinzen auf.

Ich wurde von meinem eigenen verzweifelten und frustrierten Schrei aus der Erinnerung gerissen. Das Echo meiner Schuld bohrte sich tief in meinen Verstand und meine Seele und hallte in mir wider, während ich vor Saetanar auf den Knien kauerte. Die Bilder brannten sich in mein Gedächtnis ein. Ich konnte den Schmerz meiner Großmutter spüren, als wäre er mein eigener. Dieser miese Bastard verstärkte die Schuldgefühle, die mich immer mehr erdrückten und mir die Luft zum Atmen raubten. Verzweiflung, Wut und Trauer vermischten sich.

»Du siehst, dass du allein die Schuld an ihrem Tod trägst.« Der Dämon in Menschengestalt kniete vor mir nieder. Wie ein Liebhaber hob er mein Kinn mit dem Zeigefinger an. Ich zog den Kopf zurück, um ihn dann schwungvoll nach vorn zu werfen. Es fühlte sich an, als donnerte ich mit meinem Schädel gegen eine Felswand. Ein erschrockenes Keuchen kam von der Seite. Saetanar taumelte und fiel rücklings auf seinen Hintern. Wut spiegelte sich auf seinem Gesicht wider. Mit der Hand versuchte er die Flut seines pechschwarzen Blutes, das aus der Nase quoll, zu stoppen.

Ich grinste. Mein Blick war durch einige schwarze Strähnen meines Haares blockiert. Einer der beiden Magier hinter mir riss meinen Kopf zurück und einen

Atemzug später spürte ich kalten Stahl auf meiner Haut. Saetanar hob die Hand und die Klinge an meinem Hals verschwand.

Die Tür öffnete sich, begleitet vom Rascheln von Kleidung. Der Dämonenprinz stand auf und begrüßte den Neuankömmling.

»Meine Liebste, was führt dich her?«

»Ich wollte sehen, ob ihr Hilfe braucht, Herr.« Diese Altstimme hätte ich unter Tausenden wiedererkannt.

Ich drehte den Kopf meiner einstigen besten Freundin zu, die soeben hereingekommen war. Mir fiel das Schlucken schwer. Ein glühender Knoten bildete sich in meinem Magen. Sie hatte mich hintergangen und verraten, mich eiskalt ans Messer geliefert, ohne mit der Wimper zu zucken.

»Ich hoffe für dich, dass du Dino aus der Sache rausgehalten hast«, knurrte ich und funkelte sie herausfordernd an.

»Ihm geht es gut.« Sie konnte mir nicht in die Augen blicken und ich glaubte ihr kein Wort. Wenn ich aus dieser Sache heil herauskam, dann würde sie meinen Zorn zu spüren bekommen. Denn niemand legte mich ungestraft aufs Kreuz.

»Lasst uns allein! Raven, Alexandra, bereitet bitte das Portal vor. Es muss alles bis Mitternacht bereit sein.« Saetanars Stimme klang nicht mehr ganz so näselnd wie noch Augenblicke zuvor. Alex nickte und verließ mit der Magierin und den beiden Männern den Raum. Sobald die Tür ins Schloss gefallen war, setzte er sich halb auf den Tisch.

»Setz dich!«, befahl er und wie ferngesteuert lief ich zu einem der Stühle, auf dem ich kurz darauf saß.

»Du hast sicher schon bemerkt, dass deine Lage nicht gerade die beste ist.«

Auf seine rhetorische Frage antwortete ich nur mit einem Schnauben und wollte meinen Blick von ihm abwenden, aber es gelang mir nicht. Zu stark war seine Anziehungskraft.

»Ich biete dir die Gelegenheit, lebend und halbwegs unversehrt aus dieser Sache herauszukommen.«

Wie bitte? Das war doch ein besserer Scherz. Was wollte er damit sagen?

»Und wie sieht diese Gelegenheit aus?«, fragte ich, bevor ich mich zurückhalten konnte.

»Ich biete dir einen Deal an. Ich sorge dafür, dass der Rat der Magier dich nicht zum Tode verurteilt, und du hilfst mir im Gegenzug dabei meinen Vater für immer in der Hölle zu versiegeln.«

Ich wurde das Gefühl nicht los, das es auch hier einen Haken gab, egal wie verlockend er klang. Es kam mir seltsam vor, dass ein Dämon mir etwas anbot, ohne dass ich dafür ein Opfer bringen musste.

»Warum sollte ich auf diesen schmierigen Deal eingehen? Ihr Dämonen verlangt doch immer einen hohen Preis als Gegenleistung. Zum Beispiel die Seelen von uns Sterblichen.« Ich gab mir keine Mühe, meine Verachtung zu verbergen.

Auf seinen Lippen erschien ein gönnerhaftes Lächeln, das ich ihm am liebsten mit einem ordentlichen Schlag aus dem Gesicht gewischt hätte. Vielleicht waren nicht alle Dämonen schlecht, aber dieser hier entsprach genau meinem Bild von ihnen. Hinterlistig, arrogant und immer bereit mehr aus einer Sache herauszuschlagen.

»Wenn ich oberster Herrscher der Hölle bin, dann werde ich mich aus den Angelegenheiten der Menschen heraushalten und die Dämonen ein für alle Mal in den Höllenkreisen versiegeln.«

Es klang einfach zu gut, um wahr zu sein. Doch ich hatte keine Wahl. Wenn ich nicht darauf einging, dann wäre alles umsonst gewesen. Ich hatte es bisher gut überstanden. Vielleicht war es an der Zeit ein Opfer zu bringen, damit die Menschheit endlich in Frieden leben konnte. Gleichzeitig musste ich an den Blutschwur mit Thalranar denken. Wenn ich diesen nicht einhielt, dann wäre es mein Ende. Ich knirschte mit den Zähnen. Was sollte ich tun? Die Auflösung des Paktes mit Thal war schwierig bis unmöglich und wenn ich auf Saetanars Angebot einging, dann stünde ich nicht besser da. Aber was, wenn ich einen Vorteil für mich aushandelte? Wenn ich auf diesem Wege dafür sorgen könnte, dass Sam unbeschadet aus der Sache herauskam, dann wäre der Bund mit Thal aufgehoben.

»Also gut. Ich gehe auf deinen Deal ein. Mit einer Bedingung«, mit erhobenem Zeigefinger sah ich ihn an, »Ihr lasst meine Schwester frei und krümmt ihr kein Haar.«

In seinen Augen blitzte es. »Es tut mir außerordentlich leid, Kiron. Aber wir brauchen sie als Blutopfer, um das Portal für meinen Vater zu öffnen.« Er machte eine Pause. Ich hatte es geahnt. Da war der Haken. Meine Schwester musste sterben, damit Saetanar seinen Plan umsetzen konnte. »Wenn mein Vater durch das Portal in diese Welt gekommen ist, dann ist er nach Übertreten der Schwelle für einige Stunden geschwächt. Diese Chance müssen wir nutzen, bevor er seine ganze Macht erlangt. Sobald ich seinen Platz eingenommen habe, kann ich Samantha zurück ins Leben holen.«

Ich ballte die Hände zu Fäusten. Das konnte ich nicht. Ich konnte ihr das nicht antun. Es gab keine Garantie dafür, dass sie immer noch dieselbe war, wenn sie zurückkehrte. Wiedererweckungen gingen selten gut aus. In den Büchern und Schriften gab es nur Aufzeichnungen darüber, dass die Leute verrückt wurden und sich selbst das Leben nahmen. Das konnte und wollte ich meiner Schwester nicht antun.

»Was lässt dich zögern?«

»Alles. Sie wird nie mehr so sein, wie sie war, wenn du sie wieder zurück ins Leben holst.«

»Dein Vater kehrte auch zurück und er kann sich heute bester Gesundheit erfreuen.«

Mir blieb der Mund offen stehen, als ich zu einer Erwiderung ansetzte. Mein Vater sollte von den Toten zurückgekehrt sein? Das glaubte ich nicht. Das sagte Saetanar nur, damit ich auf den Handel einging.

»Scheinbar hast du davon nichts gewusst.« Er musterte mich einige Augenblicke, bevor er fortfuhr. »Als er etwa zwanzig war, starb er bei einer Mission. Er war so stur und wollte das Leben nicht loslassen, weshalb er mit meinem Vater einen Vertrag einging, der ihn zurück ins Leben brachte. Die Bedingung dafür war, dass er Lucian den Weg bereiten sollte, damit dieser das Diesseits übernehmen kann.« Saetanar grinste selbstgefällig. »Wie du siehst, ist dein Vater weit egoistischer als du. Denn er feilschte nur um sein Leben. Du dagegen …«, er wedelte mit einer Hand vor meinem Gesicht herum, »bist bereit, um das Leben deiner Schwester zu feilschen, während du gefesselt und handlungsunfähig vor mir sitzt.« Sein volles harmonisches Lachen jagte mir einen Schauder über den Rücken und ich schüttelte mich unweigerlich.

»Nein!«

»Nein?«

»Nein, ich gehe trotzdem nicht auf den Deal ein. Es ist egal, wie ich mich entscheide. Sam wird dennoch sterben. Das hast du selbst gesagt. Sie wird geopfert.« Ich biss mir auf die Unterlippe und schluckte meine nächste spitze Bemerkung hinunter. »Ich habe nichts mehr zu verlieren«, sagte ich stattdessen und spürte, wie sich seine Präsenz von mir zurückzog und meinen Geist nicht länger bedrängte. Er lächelte zufrieden. Warum? Ich war nicht auf sein Angebot eingegangen und hatte ihm nichts versprochen. Wieso also sah er so selbstzufrieden aus? Bevor ich ihn genauer danach befragen konnte, schnippte er mit den Fingern und wie auf Befehl öffnete sich die Tür, und die zwei Magier von zuvor betraten den Raum.

»Bringt ihn in den großen Saal!« Er richtete sich auf und trat dicht an mich heran. Erst jetzt fiel mir auf, dass er mir gerade bis zur Nasenspitze reichte.

»Ich verstehe, warum Thalranar dich ausgewählt hat, sich ihm anzuschließen«, sagte er so leise, dass nur ich es hören konnte. »Ich hätte dich sowieso zu nichts binden können, da du bereits einen Handel mit einem Dämon hast.« Er zwinkerte mir zum Abschied zu, bevor ich aus dem Raum gebracht wurde.

Was meinte er damit? Woher wusste er davon? Als es mir dämmerte, hob ich das Kinn und warf einen schnellen Blick über die Schulter. Ich rempelte den linken Magier hart an, sodass er das Gleichgewicht verlor. Jan konnte mich nicht länger festhalten und ich nutzte die Gelegenheit. Ich rannte durch den Flur bis in den Westflügel. Als ich durch die Tür stürmte, begegneten mir zwei bewaffnete Wächter, die mich kurz perplex anstarrten, bevor sie mir entgegentraten. Ich stand am Südende des großen, offenen Raumes. Rechts von mir befanden sich die Fenster zum Innenhof. Ein Kampf würde mich nicht weiterbringen. Also blieb mir nur die Flucht zur Seite.

Eine Armlänge vor dem Fenster riss es mir den Boden unter den Füßen weg. Ich landete krachend auf dem Steinboden. Schmerzen lähmten mich für mehrere Atemzüge. Ein Knie presste sich zwischen meine Schulterblätter. Ich sah die Faust auf mich zurasen, als mir der Wächter einen harten Schlag gegen die Schläfe verpasste und Dunkelheit folgte.

XI

Als ich wieder zu mir kam, verstummte das Gemurmel, das im Raum widerhallte. Meine Beine waren am Stuhl gefesselt und meine Arme hinter der Stuhllehne. Mein rechtes Auge war fast zugeschwollen und die Umgebung nahm ich nur verschwommen wahr. Sobald ich einigermaßen klar sehen konnte, erkannte ich den Fürstensaal im Nordflügel des Landgrafenschlosses. Vor mir machte ich so etwas wie ein Podest und dahinter ein großes gotisches Sprossenfenster in einem Erker aus. Auf dem Vorsprung selbst stand ein langer Tisch, an dem sieben Männer in Roben saßen, die mich an die Kleidung Gandalfs, dem grauhaarigen Magier aus Tolkiens Herr der Ringe, erinnerten. Neben dem Erker an einer Säule lehnte mein Vater. Wie konnte er nur so regungslos bleiben?

»Victor Kiron Linne, du bist angeklagt des Mordes an Valyra Ignatia Daemonia Linne, Dämonenjägerin des zehnten Ringes. Des Weiteren wirst du beschuldigt, dich in eine laufende Untersuchung des Zirkels eingemischt und diese vorsätzlich behindert zu haben.« Der oberste Ratsvorsitzende der Magier war aufgestanden und blickte auf mich herab. »Willst du noch letzte Worte vortragen, bevor wir dein Urteil verkünden?«

Ich ignorierte den Mann und sah mich stattdessen im Saal um. Nur wenige Meter von mir entfernt stand Raven an der Seite des Dämonenprinzen. Zu seiner Rechten fand ich Alex vor. Saetanars Nase zeigte keine Spuren mehr von meinem Angriff. Schade eigentlich.

Ich spürte, wie mir das Grinsen auf dem Gesicht gefror, als mein Vater nach vorn trat und sich den Richtern zuwandte.

»Oberster Rat. Ich spreche im Namen meiner verstorbenen Mutter, die sich wegen dieses Mannes opferte und ihr Leben verlor.«

Dieser elende Bastard … am liebsten hätte ich ihn hier und jetzt umgebracht. Dann hätten die magischen Inquisitoren einen wahrhaftigen Grund mich anzuklagen. Es war eine Sache, wenn er mich innerhalb der Familie beschuldigte, aber eine ganz andere das öffentlich durchzuführen. Nicht nur, dass er mir all das anhing, um selbst fein raus zu sein. Denn ich vermutete schwer, dass er ihnen nicht erzählt hatte, dass er einen Pakt mit dem Dämonenkönig eingegangen war. Möglichst unbemerkt versuchte ich, mich von meinen Fesseln zu befreien. Doch die waren stramm um meine Hand- und Fußgelenke gebunden.

»Wo sind die Beweise für die Taten, die ihr mir zur Last legt?«, fragte ich. Eine Faust traf mich hart am Kinn. Der metallische Geschmack von Blut sammelte sich in meinem Mund. Ich spuckte das rote Lebenselixier vor mich auf den Boden. Rechts von mir hörte ich Alex erschrocken Keuchen, als mich schon der nächste Schlag traf. Meine Sicht verschwamm und ich nahm die Umgebung schemenhaft wahr.

Innerlich suchte ich nach Thalranars Präsenz. Ich fand sie nicht. Irgendwas stimmte nicht mit unserer Verbindung. Hatte Saetanar sie gekappt? Ich sah zu meinem Peiniger auf. Es war mein Vater. Ich spürte, wie sich ein Lachen aus meiner Kehle heraufkämpfte und aus den Tiefen meiner Brust hervorbrach. Viland packte meine Haare und riss meinen Kopf unsanft nach hinten. Ich erwiderte seinen Blick mit einem blutigen Grinsen.

»Du bist es nicht wert, weiterhin Teil meiner Familie zu sein.«

»Seit Grannys Tod war ich das nicht mehr.« Ich spuckte ihm ins Gesicht. »Für dich war ich das schwarze Schaf. Der verkommene Sohn, der nur Ärger macht.«

Viland schnaubte verächtlich und wischte sich die mit Blut vermischte Spucke aus dem Gesicht. Genugtuung durchströmte mich für einen kurzen Moment.

»Es reicht, Viland.«

»Verzeiht, Herr Ratsvorsitzender.« Er löste die Finger aus meinen Haaren und wandte sich von mir ab. Gleichzeitig nahm ich den Geruch von verbranntem Holz und Kohle wahr. Ich ahnte bereits, dass dies nichts Gutes bedeutete. Am Tisch erhob sich nun ein weiterer Magier mit grau meliertem Bart und Glatze.

»Victor Kiron Linne. Hiermit wirst du mit dem Brandzeichen der ewigen Verbannung bestraft. Dir wird es untersagt, weiterhin in der Stadt Marburg zu verbleiben. Des Weiteren gilt der Tod auf die Rückkehr in die Stadt. Du wirst als Straftäter in den Datenbanken der Polizei geführt und sollte man dich hier erwischen, wirst du sofort eingesperrt«, erklärte der Glatzkopf, während sich zwei Wächter mit einem Eisen näherte, an dessen Ende eine Magierrune rot glühte. Mit der Rune wäre ich überall erkennbar.

»Hiermit wirst du als Verräter und Paktierer mit den Dämonen gebrandmarkt und aus der Stadt verbannt«, verkündete der Oberste Rat. Die Wächter lösten meinen linken Arm und drehten diesen so, dass die Handgelenkinnenseite nach oben zeigte. Das glühende Eisen berührte meine Haut und jagte einen brennenden Schmerz durch meinen Arm bis hinauf in die Schulter. Ich stöhnte, dennoch lehnte ich mich zurück, um im nächsten Augenblick mit dem gesamten Oberkörper nach vorn zu schnellen.

Benommen taumelte der Wächter mit dem Brandeisen zurück und ließ mein Handgelenk los. Dem zweiten Mann entriss ich meinen Arm und verpasste ihm einen Kinnhaken, der ihn außer Gefecht setzte.

»Haltet ihn fest!«, brüllte mein Vater.

Glas zersplitterte und hinter mir wurde eine Tür aufgerissen. Ein ohrenbetäubendes Rauschen folgte. Ich nutzte die Chance und befreite mich gänzlich von meinen Fesseln. Mein Handgelenk schmerzte höllisch, als wolle es sich in einen Haufen Asche verwandeln.

»Kiron!«

Ich wirbelte herum und entdeckte Luzifer, der mit ausgebreiteten dunklen Schwingen in der Tür stand. In einem zerbrochenen Spitzbogenfenster hockte Thalranar. Wie ein Gargoyle hatte er sich ins Mauerwerk gekrallt. Er nickte mir zu.

»Beeil dich, Alter!«, rief Dino und sein schmaler Kopf tauchte hinter Luzifer auf. Erleichterung flutete mich. Ihm ging es gut. Nicht länger zögernd rannte ich auf den Ausgang des Fürstensaals zu. Eine halbe Armlänge neben mir schlug ein Zauber in den Steinboden. Mit einem Satz sprang ich zur Seite und suchte Schutz hinter einer der Säulen mitten im Raum.

»Du kannst nicht entkommen, Kiron!«, sagte Saetanar mit ruhiger Stimme. Was auch immer er damit meinte, mir war es gerade herzlich egal. Ich wollte nur noch raus hier und dieses ganze Chaos hinter mir lassen. Ein Bolzen zischte an mir vorbei und ein Schrei hallte durch den Raum. Ich lugte um die Säule herum und sah Alex am Boden hocken mit einem Armbrustbolzen in der rechten Schulter. Ihre Züge spiegelten den Schmerz wider. Mir schnürte es die Kehle zu, als ich sie dort sitzen sah. Andererseits hatte sie es nicht anders verdient.

»Haltet ihn endlich auf!«, rief Raven mit fester Stimme, die durch den Saal hallte.

Tief einatmend machte ich mich dazu bereit die letzten Meter bis zur Tür zu überwinden, als sich, wie aus dem Nichts, ein Dämon materialisierte. Ich hörte etwas durch die Luft zischen und duckte mich instinktiv, als ein Speer in die Schulter des Biestes drang und es an die Säule nagelte, an der ich gerade aufrecht gestanden hatte. Ich lief auf Luzifer zu. Eine Sekunde später riss es mich von den Füßen. Sämtliche Luft wurde aus meinen Lungen gepresst. Aber jetzt war keine Zeit zum Ausruhen. Ich rollte mich herum und kam schnell wieder auf die Beine. Mein Vater und Raven standen mir gegenüber. Beide bewaffnet. Das Kopfende des Magierstabs glühte unheilvoll und die Runen auf der Kampfaxt meines Vaters blitzen auf.

Aktuell wünschte ich mir nichts sehnlicher als meine eigenen beiden Äxte herbei. Mir blieb keine andere Wahl, als mich ihnen unbewaffnet zu stellen.

Die Schwellung am Auge klang dank Thals Heilkräften ab und meine Sicht wurde klarer.

Raven murmelte einen Spruch und das Leuchten ihres Stabes wurde intensiver. Viland zeichnete die Rune des Feuers. Ich konterte mit der Schutzrune und wich nach hinten aus. Mein Schild bebte, als der Zauber und die Rune darauf wirkten.

Mach dich bereit, durchs Fenster zu fliegen, sagte Thal in meine Gedanken hinein. Ehe ich zu einer Antwort ansetzen konnte, rieselten Glassplitter auf mich herunter. Ich hob schützend die Arme über den Kopf. Zwei kräftige Arme umschlangen mich. Ein Zauber streifte Thalranars Flügel, doch wir schafften es durch das zerborstene Fenster nach draußen. Er drehte sich noch in der Luft auf den Rücken, bevor wir auf das Pflaster prallten. Hustend rollte ich zur Seite und stemmte mich auf Arme und Beine. Thal saß in einer knienden Hocke neben mir und hatte einen Arm auf das angewinkelte Knie gelegt. Das Leuchten der Magic innerhalb des Saals intensivierte sich. Ein Blitz zuckte gefolgt vom Donnergrollen über den wolkenverhangenen Himmel, als sich einen Augenblick später die Schleusen öffneten und der Regen auf uns niederprasselte.

»Komm! Wir müssen von hier verschwinden«, sagte er und griff mir unter die Arme. Aus dem Augenwinkel sah ich den herabhängenden fledermausähnlichen Flügel.

»Ich hoffe, der wird wieder.«

»Auf jeden Fall. Ich brauche nur Ruhe, dann kann ich mich selbst heilen«, entgegnete er. Seite an Seite rannten wir über das rutschige Pflaster um den Nordflügel herum und am Zeughaus vorbei, das heute als Stipendiatenwohnhaus benutzt wurde.

Die Blinker eines Autos wenige Schritte von uns entfernt leuchteten auf. Ich erkannte am Nummernschild, dass es Luzifers Auto war. Gefolgt von Dino kam er von der anderen Schlossseite her auf den Parkplatz gerannt.

»Worauf wartet ihr! Steigt ein!«, rief er. Er drehte sich um und richtete seine Handflächen auf ihre Verfolger. Eine magische Druckwelle fegte sie von den Füßen und verschaffte uns etwas mehr Zeit. Geschickt kletterte ich hinten ins Auto. Dino kam von der anderen Seite dazu und zog die Tür zu. Er klemmte die Armbrust zwischen die Beine und spannte sie, bevor er einen Bolzen hineinlegte. Mit unruhigen Fingern fischte ich nach dem Gurt und schnallte mich an, was durch meine zitternden Hände nicht so einfach war. Die Brandwunde schmerzte und ich konnte kaum einen klaren Gedanken fassen, als Luzifer bereits aus dem Hof in die Innenstadt bretterte.

Je länger wir fuhren, desto sicherer fühlte ich. Langsam fiel die Anspannung von mir ab. Das Adrenalin pumpte nicht mehr ganz so heftig durch meine Adern. Aber mit dieser kurzzeitigen Verschnaufpause kam die Erschöpfung zurück. Unzählige Fragen schwirrten mir aufeinmal durch den Kopf. Allen voran – wo sollte ich jetzt hin? Mir waren alle Möglichkeiten genommen worden. Außerdem kannte ich niemanden außerhalb Marburgs, der mir helfen würde. Außer vielleicht meine Mutter. Aber wollte ich sie ebenfalls in diese ganze Scheiße hineinziehen?

ch starrte von der Rückbank aus durch die Frontscheibe des Kombis. Luzifer fuhr auf der Stadtautobahn in Richtung Norden, während Thalranar sich auf dem Beifahrersitz lang machte. Dino döste mit dem Kopf gegen die Seitenscheibe gelehnt vor sich hin. Gemeinsam war er mit Luzifer in meiner Wohnung gewesen, um meine wichtigsten Klamotten zu packen. Mein Blick glitt auf mein gebrandmarktes Handgelenk. Das Brennen hatte aufgehört, nachdem wir die Stadtgrenzen von Marburg überquert hatten. Die magische Rune leuchtete in kaltem Blau auf meiner Haut. Alles war verloren. Saetanar würde das Portal zur Hölle öffnen und Sam als Blutopfer dafür töten. Ich konnte nichts tun, um sie vor diesem verdammten Schicksal zu bewahren. Meine Finger kribbelten und innerlich zappelte ich vor Unruhe.

Mein Vater hatte die ganze Zeit gewusst, was vor sich ging, weil er es von Anfang an geplant hatte, um seinen Part des Deals einzuhalten. In all den Jahren hatte er dafür gesorgt, dass die Dämonenjäger, und vor allem mein Trupp, die Drecksarbeit für den Zirkel erledigten. Ständig hatte ich mich von ihnen benutzen lassen. Vielleicht hatte es auch etwas Gutes, dass ich nun nicht mehr in der Stadt sein konnte.

»Wohin geht es jetzt, Luz?«, fragte ich und hob den Kopf. Mein Blick wanderte zwischen den beiden auf den Vordersitzen hin und her. Luzifer hielt seine Aufmerksamkeit auf die Straße gerichtet.

»Ich habe eine Bekannte auf dem Land. Bei der können wir erst einmal unterkommen.« Seine Antwort war eher dürftig, aber alles war besser, als sich weiter in dieser dämonenverseuchten Stadt aufzuhalten. Ich brummte zustimmend. Mir blieb keine Wahl. Ich musste darauf vertrauen, dass Thal und Luz die richtigen Entscheidungen für mich trafen. Denn ich war offensichtlich nicht dazu in der Lage.

Ich starrte aus dem Seitenfenster in den herannahenden Abend. Die Landschaft rauschte an uns vorbei. Ich schloss für einen Augenblick die Augen und lehnte meine Stirn an die kühle Fensterscheibe.

»Der Tod von Granny ist allein meine Schuld. Ich habe ihr Versprechen gebrochen, einer der besten Dämonenjäger zu werden.« Meine blauen Augen legten sich auf mein Spiegelbild. Kratzer, blaue Flecken und die aufgeplatzte Lippe waren ein Beweise der Strapazen. Würde ich auf ewig damit leben müssen, dass man mich als Mörder betrachtete? Ich hoffte nur, dass ich dazu in der Lage war, alles aufzuklären und jemanden zu finden, der mir glaubte.

»Wenn du weiter in Selbstmitleid versinkst, dann wird sich auch nichts daran ändern. Wir haben alle ein gemeinsames Ziel.« Bei diesen Worten richtete ich meinen Blick nach vorn. Luzifer, der Gefallene und Bruder des Dämonenkönigs, hatte recht. Wir wollten alle, dass Lucian vernichtet wurde. Doch bevor ich in diese Schlacht zog, musste ich wieder zu Kräften kommen und meine Wunden heilen lassen. Ich zog eine neue Zigarettenschachtel aus meiner Westentasche und zündete mir einen der Glimmstängel an. Ich blies den Rauch gegen die Fensterscheibe. Hoffentlich sah morgen alles nicht mehr ganz so düster aus.

Danksagung

Mein unendlicher Dank gilt meinem allerliebsten Menschen, ohne den ich wahrscheinlich noch lange nicht so weit wäre, dass der Kurzroman veröffentlicht werden könnte. Ich liebe dich über alles, mein liebster Gatte, **Andreas Blumenfeld.** Danke, dass du hinter mir stehst und mich unterstützt, mir Mut machst, mir in den Arsch trittst, wenn ich mal einen schlechten Tag habe, und danke, dass du einfach der bist, der du bist.

Außerdem möchte ich an dieser Stelle ganz herzlich meinen fünf Testleserinnen danken, die sich die Zeit genommen haben dieses Buch vorab zu lesen und mir ihr Feedback dazu gaben.

Ich danke **Anke Becker** für ihren kritischen Blick an Stellen, die mir ganz klar waren und doch verworren auf sie wirkten. Die nun hoffentlich besser mit Victor klar kommt und wenn nicht, mir egal :-P.

Ich danke **Hailey Evanson** für ihren Mut, sich den Dämonen zu stellen und Vic zu hinterfragen, um ihn sympathischer zu machen.

Ich danke **Isabell Bayer**, die mir einen super Überblick über die Schwächen und Stärken meines Textes gab.

Vielen Dank an **Christina Schmidt,** die vor allem die Wortwiederholungen ansprach und mir mit Umstellungen sowie Vorschlägen unter die Arme griff.

Und last but not least, danke an **Dany B. Olden** für ihren unerschöpflichen Quell an Inspiration und Kritisieren von Vic in jeglicher Form. Der Gute sendet dir liebste Grüße aus Hessen ;-).

Nicht zu vergessen **Cara Kolb** von Lektorat Seitensturm, die mir mit ihren einfühlsamen Anmerkungen immer wieder die Augen öffnete und mir zeigte, dass ich aus dem Rohdiamanten ein echtes Juwel machen kann.

Für das Cover danke ich der fantastischen **Jaqueline Kropmanns**, die ein so umwerfendes Kleid für meinen Kurzroman gezaubert hat. Ich liebe es und kann es mir gar nicht oft genug ansehen. Vielen Dank dir, meine Liebe.

Nun möchte ich vor allem dir danken, liebe*r Leser*in. Danke, dass du die Geschichte um Victor und Thalranar bis zum Ende gelesen hast. Ich danke dir, dass du mich mit dem Kauf unterstützt und hoffe, dass du eine kurze – oder lange – Rezension auf dem großen A oder Lovleybooks hinterlässt, denn so können noch mehr Leser*innen auf Vics Geschichte aufmerksam werden.

Playlist

1. Holy Water – The Funeral Portrait
2. Wake Up – Black Veil Brides
3. Scarlet Cross – All The Damn Vampires Remix – Black Veil Brides, All The Damn Vampires
4. Rose Colored Lenses – Eliza
5. The Last Of The Real Ones – Fall Out Boy
6. Bob Dylan – Fall Out Boy
7. Stay Frosty Royal Milk Tea – Fall Out Boy
8. Meet Me In The Fire – Maria Brink, Tyler Bates, Andy Biersack
9. The Song Of The White Wolf – Sonya Belousova
10. Killer In The Mirror – Set It Off
11. Dancing With The Devil – Set It Off
12. The Stigma (Boys Don't Cry) – AS IT IS
13. Calling For Rain – Neo Liu, Tu Hua Bing
14. Knives – Bullet For My Valentine
15. Nothing Else Matters – Jared Dines
16. Demons And Angels – LOWBORN
17. Head Above Water – Avril Lavigne
18. This Is Our War – Halocene
19. Heiliges Herz – Samsas Traum